風水祖師蔣大鴻史傳

風水祖師蔣大鴻史傳 修訂版

繼大師 著

風水祖師蔣大鴻造像

無極子授蔣大鴻圖

繼大師繪　庚子年仲冬

風水祖師蔣大鴻史傳 —— 繼大師著

目錄

自序一

繼大師

筆者繼大師在廿年前（二〇〇一年）已完成《風水祖師蔣大鴻史傳》一書的著作，當時並由〈丹青出版社〉在二〇〇二年壬午年年尾出版，因其結業已久，此書已成絕版，故由〈榮光園有限公司〉再次出版，若各讀者閱讀由本人註解《地理辨正疏》一書後，可再兼看此書，更可回顧一代風水祖師蔣大鴻的風水事蹟。由於多了資料上的搜集，故加添了不少新內容。

作為一位研究風水學問的人，除了深入學理及風水巒頭之外，理應也研究重要經典的出處；在風水歷史上，亦需確知風水明師對風水學術有何重大影響和貢獻，能知道他們以往的生平事蹟更佳。

中國歷代的讀書人及知識份子，大部份都視風水為迷信的東西，他們不知道，風水明師給人們造葬極佳的風水穴地，葬者的後人，都會影響着歷史的變化，甚至更可以改寫歷史。唯有帝皇之家，他們最忌的，就是風水明師，懼怕皇權不保，據說楊公就是被贛州王 ── 盧光稠所毒殺，這是風水明師的悲哀命運。

中國古代歷朝，對於民間風水明師的著作，並未納入正統學術範圍內，唯楊公著《撼龍經》、《疑龍經》及署名劉秉忠著《平砂玉尺經》結集在〈四庫全書〉內，而楊筠松祖師的名字不見於史料經典之內，其傳說只在民間出現，他的生平事蹟，真偽莫辨。

繼後唐之楊筠松祖師後（八三四年 — 九〇〇年），最為突出的就是明末清初的蔣大鴻祖師了，他在民間各地將楊公、曾公、黃石公等名家所著的風水真傳秘本搜集起來，於一六九〇年庚午年註解了《地理辨正注》，辨別風水之真偽，發揚楊公所說的風水學理，是繼楊公在八百多年之後再一次宏揚風水學理的人。

張心言地師稱蔣子是楊公的功臣，張氏姪兒張南珍則說張心言是蔣公的功臣。可以說，由蔣子開始，在風水歷史上，他將楊公的學理作第二次的廣傳，踏入另一個風水的里程碑。為了使讀者對蔣大鴻祖師有一定的認識，筆者繼大師搜集他的風水著作及資料，重新編輯整理，盡量寫實，將蔣大鴻風水明師的歷史事蹟作一詳細介紹，不再令人覺得是一種風水傳說，祈望能使人們對風水歷史人物上有一定的價值觀。

繼大師寫於香港明性洞天

辛丑孟秋吉日

自序二

繼大師

世界上的風水學問皆出自於中華民族，是上古世界人類智慧之結集。風水學上之山川形勢、龍穴及所有之地形，包括結穴之形態，總稱為「巒頭」。論「巒頭」功夫之書籍，自古以來，多不勝數。雖巒頭學問盡公諸於世，但單憑看書，決不能成為地師，故得心傳口授能點穴之地師，毋懼將巒頭口訣公開，因為風水學問，必須得明師在山上親授，並沒有「紙上談兵」之事。

至於風水理氣學問，以三元元空六十四卦法門最為隱秘，很少公開，重視心傳口授，縱使公開，亦有限度，其用法又以巒頭配合為驗。廣東俗語云：「風水佬呃（欺騙）你十年八年」。此語說得甚對，若人家祖先葬在吉穴上，也需經一段時間始證明其確得吉地。相反，若葬在大凶之地，則凶事所應特快，而後代又是否及時醒覺呢！若醒覺的話，又是否能立刻起出棺木或金塔，並且封碑呢！就算及時掘墳封碑，而後代死者已矣，於事無補。風水師又可推卸責任，謂「時也運也」，乾脆說與風水無關。如此下去，真正之風水學問，則自取滅亡也。

明末清初風水祖師蔣大鴻先生何以能名滿大江南北呢！查其根由，皆因著作風水典籍特多，世代流傳，名留千古。但是，還有一樣最重要的東西，就是蔣大鴻曾給予人家葬過之祖先山墳，其後代皆出能人異士，命運轉佳，富貴連連。這些事實，足以證明蔣氏所學的，確實是真正之風水學問，當蔣氏名滿天下時，他已年老矣，。

難怪蔣大鴻在《醒心篇》有讚嘆曾文辿風水祖師之語，云：

「楊曾世遠不順題。佐命劉湯指點希。天授曾師無別著。直提直指泄元機。四明處處扦名墓。三百年來盡朱戶。顯出青囊萬古心。」

這皆因曾文辿祖師在浙江四明（寧波、紹興）一帶給人遷點名穴之故，以致三百年來（明初至清初，約公元一三七一至一六五九年），此地一帶皆出名門望族。這證明蔣氏深信及確認楊公及曾公等，皆是得真訣之風水明師。

中華民族之風水學問，與世代皇朝歷史，實在大有關連，它影響著歷史之興衰，故真得訣者，若不好好保護自己，必招來災禍。蔣氏甚明此理，故在註解《寶照經中篇》內有云：

「楊公自言既得至道。不敢炫耀於世。…… 楊公得道之後。韜光晦跡。背其鄉井。隱於江東。」

而歷代得真道之風水明師，其行徑是：

（一）以術輔助帝皇，開基立業，建都立國。但若助新帝皇立國成功後，必須歸隱山林，否則性命難保。例如張良助劉邦立漢朝而功成身退。劉伯溫助朱元璋得明朝天下而被陷害致死。

（二）得風水真道後，韜光養晦，歸隱山林，以保性命。

自古中國帝皇對得道之風水明師皆有禁忌，恐其皇位不保，例如在唐高宗永徽年間，在河東聞喜縣有丘延翰先生，因與人遷葬出天子之墳穴，致被唐玄宗下旨搜捕他，恐防天下大亂以致皇位不保，幸而丘氏被玄宗所賞識，性命始得保存，但已惹下諸多煩惱矣。

蔣大鴻先師除了著作豐富及造葬得宜而使人邀福之外，其實使他名垂青史之原因還有數點，茲列如下：

（一）在追求風水學問時，遊於方野之外而遇上他的風水恩師 無極真人，得其傳授風水真訣。

（二）三十多年在鑽研風水真訣而證之於大江南北古今名墓帝都等地，皆是自身努力之結果。

（三）遠祖得風水穴地，使他年青時已是有名之儒生，後得風水真道，把父母葬於真龍結穴上，這得祖先吉穴而受無形力量所庇蔭，自然事半功倍，加上自己具真才實料，名滿大江南北並不虛傳也。

這是：天時、地利、人和，三者之力量也。筆者繼大師搜集蔣氏相關書籍，撰寫成一書，把蔣氏生平得以成《傳》，書名：

《風水祖師蔣大鴻史傳》

並將《蔣氏家傳地理真書歸厚錄》之〈傳法表文〉四篇，錄於書後，以饗讀者。

在此，多謝鍾卓光師兄的支援，沒有他的幫忙，此書定不能完成。祈望此書能使讀者更加明瞭蔣大鴻先師的過往事蹟、為人及做事之行徑，以作榜樣。是為序。

繼大師寫於香港明性洞天

辛巳年仲秋吉日

蔣大鴻祖師略傳

繼大師

蔣平階字大鴻，原名雯階字馭閎，嗣名許岳，又名旻珂或元珂，號中陽子又名宗陽子，人們稱杜陵夫子，生於明萬曆四十四年丙辰年十二月廿七日辰時（公元一六一七年二月二日，四柱八字是：丙辰年。辛丑月。癸亥日。丙辰時。）世代住江蘇華亭張澤，今之上海市松江區張澤鎮，蔣爾揚之姪，是嘉善縣學生，年少多病，個性放蕩，後好粘香禮佛，兼習風水地理。

少年時得其祖父蔣安溪先生教授他風水巒頭功夫。年青時，在幾社（文人讀書聚集之會社）之儒生中很有聲名，常與其文學老師江南名士陳子龍來往，且是深交。

一六四五年，時清軍攻入江蘇三浙之地，廿九虛歲的蔣氏，南逃入南明據守之福建，後任兵部司務之職，且升至御史一職。福建在將失守前，因彈劾鄭成功父親鄭芝龍後，棄職離開福建，為了掩人耳目，特以道士裝扮的身份，遊於八閩之地及大江南北，四十歲時還未結婚。（筆者繼大師恩師呂克明先生生前述及，因為追求風水真道，亦是四十多歲始結婚，呂師謂他很像蔣氏。）

蔣氏於平原曠野中遇見無極子，且傳他風水秘法。後定居浙江紹興若耶樵風涇，且著書立說，留傳後世。晚年來往丹陽，暫居兩地，與人造葬，且傳授風水秘法。

一六七九年己未年，他拒受康熙皇帝征招「博學鴻儒」之舉薦，晚年時，說起他青年時的往事，皆很激動，常緬懷過去的明治時代，是一位愛國的風水地師。

據其弟子姜垚著之《從師隨筆》記載，於一七〇五年，在蔣氏虛齡八十九歲時，仍為商姓福主遷葬祖先，他的記錄至一七一四年，估計壽命達至虛齡九十八歲以上，是一位長壽老人。蔣氏晚年卒於紹興，臨終前囑咐門人弟子要把他葬在紹興若耶樵風涇林家灣與林家匯問自卜之吉穴上，名螺螄吐肉形。

弟子有：江蘇丹陽之張考廉（字仲馨號野溪）、會稽之（今紹興）姜垚（汝皋）、江蘇丹徒之駱考廉（士鵬）、山陰（今紹興）之呂相烈（衡卿）、呂文學、武陵之胡泰徵、淄川之畢解元（世持）、于鴻猷（辰遠）、于鴻義（因仁）、沈億年（秬丞）、周績賢（履道）、王錫礽（永台、元令，蔣氏祖母之姪孫）蔣懷淇（蔣氏嫡宗長房）、蔣翼明（蔣氏從叔）、蔣雯翯（翯音鶴，潔白肥潤之意，是蔣氏同曾祖弟）……等人。

著作有：

《地理辨正注》（後張心言補註，改為《地理辨正疏》）、《水龍經五卷》（輯訂）、《續水龍經》（輯訂）、《八極神樞注一卷》、《歸厚錄》、《玉函真義五篇》、（又名《天元五歌》，並包括《醒心篇》一卷在內。）《天元餘義》、《古鏡歌》、《天驚三訣》、《字字金》。

（另筆者繼大師之恩師 呂克明先生藏有《洩天機卅六訣》，爲張心言地師所撰寫，據說是蔣子真傳秘本，並傳給他的姪子張南珍（字雨香）。《東林始末一卷》（《四庫全書》存目並宋府志，內述明末東林政黨事情）、《陽宅指南》、《傳家陽宅得一錄》（即《八宅天元賦》）、《平砂玉尺辨偽文》及《黃白二氣論》（錄於《地理辨正疏》內）、《天玉經外傳》、註解無極子著之《洞天秘錄》等，另外達百多卷之著作已失散。

繼大師寫於香港明性洞天
辛巳年仲秋吉日
甲午孟冬補寫

（一）寫蔣大鴻傳之緣起

繼大師

蔣大鴻的名字，是筆者學習風水期間，恩師　呂克明先生授以《地理辨正疏》內諸經時所認識的，於己巳年（公元一九八九年）呂師與各同門及筆者一同前往江西興國縣梅窖鎮三僚村，尋訪風水祖師楊筠松仙蹤，呂師回港後，認為這次行程獲益良多，並表示若有緣份的話，希望能訪三元地理宗師蔣大鴻先生故居，及考察蔣氏生平所卜墓穴。奈何　呂師於一九九六年病世，無緣再訪仙踪，誠一憾事也。

於辛巳年（公元二〇〇一年）六月，筆者與旅居加國鍾卓光師兄聯絡，師兄謂若有機會，希望能一睹蔣大鴻昔日所卜葬之穴地，並考察仙蹟，囑筆者代查蔣氏資料，其昔日居所、卜葬之墓穴及生平事蹟等。

由於鍾師兄有此建議，筆者繼大師即馬不停蹄地搜集資料，考據蔣氏出生及定居之地，由於年代久遠，地名多已改變，甚至一地有多種名稱，為求真相，不惜翻查古籍地圖及辭海，亦搜集蔣氏所有著作、生平事蹟及時代背景等。

經過多月來之資料搜集，發覺對蔣氏生平開始有些瞭解，資料雖不多，但足以寫蔣氏生平略傳。此篇蔣大鴻傳之內容，主要以蔣氏所著作之典籍為根據，其中大部份序文內，均有記載蔣氏一點滴的生平事蹟，另外其弟子姜垚著之《從師隨筆》內所載有關蔣氏事蹟甚為詳細，具有參考價值。

在其他風水典籍上，很少有提及蔣氏之生平事蹟，若有，其確實性亦成疑問。筆者繼大師寫蔣氏生平，有以下原則：

（一）務求忠於原來蔣氏史實。

（二）考證人物、年代、事蹟、地名等，是否互相吻合，或合理否。

（三）考據蔣氏所有著作，其風水學理是否一致，其文筆風格等。

若非鍾師兄之建議，此篇蔣氏史傳定不成文。祈望有生之年，能到浙江會稽、四明、天姥、金庭一帶遊玩，一睹昔日蔣氏遊歷之地，若有機緣，定當考察蔣氏所卜做之墳穴，以成 呂師遺願。

《本篇完》

（二）風水祖師蔣大鴻史傳

繼大師

蔣平階，字大鴻（一六一七年至一七一四年），原名雯階字馭閎（馭音預，閎音宏即巷門），嗣名許岳，又名旻珂或元珂，號中陽子又名宗陽子，人們稱杜陵夫子，生於明萬曆四十四年，丙辰時十二月廿七日辰時，四柱八字為：丙辰年，辛丑月，癸亥日，丙辰時，（公元一六一七年陽曆二月二日），世代住江蘇華亭縣（即松陵）之張澤（即今之上海市松江區之南約十公里處）。

祖父蔣安溪，其從父蔣爾揚，官職為道州知州，父親蔣爾醇，為求風水真道，四十歲後始結婚，育有兩子一女，長子蔣守大，字曾策、曾生；次子蔣無逸，字左生、左箴，精於書畫，後移居廣東，直至逝世；女兒蔣倚瑟。蔣氏是嘉善縣之學生，年少多病，個性放蕩，後好粘香禮佛，兼習風水地理。

祖父蔣安溪先生在他年少時，親自教授他風水巒頭之功夫，他於瞭解後，始知一般坊間風水書之謬，乃沈醉於風水五術學問之中。由於他喜歡中國文學，熱愛詩詞歌賦，所以在文筆方面很好，並常與一班讀書人作詩打詞。

於崇禎七年甲戌年（公元一六三四年）跟隨當時的江南名士陳子龍學習詩詞，周旋於江南黨社之間，在當時之讀書人之中，崇禎年間（公元一六二八年至一六四三年），初有聲名。

蔣氏對於天文、地理、陰陽、曆法等，均有涉獵，尤喜兵家之術。時值明代朝廷先後由周延儒當南京翰林院及溫體仁把持內閣，兩人明爭暗鬥，左右朝廷人事，蔣氏無法展其所長。由於蔣氏年青時，個性放蕩，性情豪放不羈，時常騎着馬兒狂奔，痛飲後長嘶高歌，當時之人稱其俠義。

在蔣大鴻輯訂《秘傳水龍經》由程穆衡校錄，程氏在卷首序文中云：（武陵出版社第五頁）

「大鴻與雲間陳夏諸名士遊。最善於書。無所不窺。孤虛遁甲。占陣候氣。下至翹關擊刺皆精究之。又能隱形飛遁。故世言玉筍先生起紹興時。必欲與共事。邀致之鐍固力密室。一夕失所在。健騎四出。跡之無有也。意其為知幾審微。遠舉絕塵之士。……」

蔣氏與明末大臣玉筍先生鄧良知相好，相信是隨他學習兵法，或與他商量抗清之事，應該是在一六三四至一六三八年間，時蔣氏虛齡為十八歲至廿二歲之間。

（繼大師註：玉笥先生名鄧艮知 —— 一五五八年至一六三八年，字未孩，號玉笥，江西新建喬樂鄉人，明末政治人物。進士出身，曾任寧國府宣城縣令，後升禮部司員外郎，制訂《科場條約》。後轉任福建興泉兵備道，鎮守興化府、泉州府海防，抵禦倭寇。最後任廣東布政使司參政，兩年後致仕歸里。崇禎十一年公元一六三八年卒。）

二十歲虛齡時，明崇禎九年丙子年（公元一六三六年），他母親逝世，由於他極相信風水，於是他拜訪當時之地師，請其為母親點地造葬，但所求非人，錯做穴地，結果家道中落，幸而他及早醒覺，再另覓地師遷葬母親。好不幸地，遷葬後，亦不外如是，一樣被庸師所誤，其母親先後三次遷葬，家道環境亦不覺好。難怪蔣氏在《天元歌》〈第一章〉末段訴說：

「蔣生二十慈親喪。幾度拜人求吉葬。家破皆因買地差。身衰半為尋師浪。」

又在醒心篇中說：**「我喪慈親在早年。誤依偽訣地三遷。」**

一六四一年間，蔣大鴻之文學老師陳子龍成為幾社、求社及復社之領袖，結社達百人，成為抗清復明之民間文人政治團體，蔣氏常隨陳子龍在江南南陽與文人團體相聚。

清、順治元年甲申年（公元一六四四年）李自成稱帝於西安，國號大順，率兵攻陷北京，明思宗（崇禎）皇帝在煤山上吊自殺，明亡。張獻忠據成都，號大西國王，清攝政王與世祖遷都北京。

翌年乙酉年（公元一六四五年），李自成敗亡，清廷下令全國男丁薙髮，限令十天內所有漢人必須按照滿洲髮式，稍有人反抗，即遭殺害。

這年（一六四五年乙酉年）夏天，清軍佔領了江蘇揚州，大肆屠殺揚州軍民，戰爭持續了十日十夜，軍民死亡人數達八十多萬，清兵三次殺入嘉定縣屠城，歷史上稱「揚州十日」及「嘉定三屠」的大慘案。

當時江蘇三浙之地，人民聞風喪膽，個個爭相南逃，而南下之福建則由南明唐王朱聿鍵據守。這年（一六四五年乙酉年）蔣大鴻亦逃離上海松江到福建避難去。蔣氏曾在家鄉出錢出力，募兵起義，反清復明，他臨走前，將兵書兵器深埋在張澤鎮內之東隱禪院後，其位置在現鄉敬老院住宅內，稱為「兵書墩據」。

（繼大師註：見《葉樹鎮誌》，其內容包括了《張澤誌》，上海辭書出版社出版，內《卷二十四》〈第三章〉〈文物遺跡 —— 兵書墩〉第七四六頁。）

當時他已是虛齡廿九歲，已研究了風水十多年矣。由於他在文學界頗有聲名，到了福建省福州市後，南明唐皇極需用人之際，授與蔣大鴻兵部司務，為正三品官職，這因為他除文章出眾外，又諳懂兵法及翹關擊刺之故。

清、順治三年丙戌年（公元一六四六年），蔣大鴻因公事到福建之北，途經武夷山，遇上一道人，雙方甚投契，說起風水之事，武夷道人示以一風水秘笈，名《傳家陽宅得一錄》，並以此書贈之，之後，他奔走回閩南。

同年，蔣大鴻晉升至御史一職，可算權貴一時，當時清朝尚未完全統一全國，中國處於內戰狀態。當時被明朝封為廷平郡王之鄭成功，仍據守臺灣，其父親鄭芝龍在福建省很有勢力，他作事囂張，令當地人民非常不滿，當時蔣大鴻公開彈劾他，令當地百姓大快人心。

由於此時政治動盪，清軍南下，攻打福建，唐明兵敗，明紹宗朱聿鍵被俘虜，在獄中絕食身亡。公元一六四六年至一六五〇年間，蔣氏藉借地師名義，週遊江南，聯絡義士，招兵買馬，繼續多次抗清，結果失敗而歸。

在此期間（公元一六四六年至一六五〇年間，時蔣氏虛齡卅至卅四歲）蔣氏所經之處，暗訪風水明師，由於他除熱愛風水外，對佛道修行的方法亦甚有興趣。幸運地在浙江省青田縣曠野之中遇見幕講禪師之徒弟無極子，並向其叩問金丹大道。

無極真人對他說：「**若修仙道，則從人道開始，若祖宗父母靈骨得不到良好之穴地，自身則容易有災禍，身體可能不保，這樣又怎能修道而脫殼飛昇呢？**」

無極子對蔣氏說：「**我先授你**（蔣大鴻）**〈玉函之秘〉，陰陽二宅風水之奧妙，是人世金丹也，然後點地葬母親於吉穴上，這樣可以保國建宅，開城立局。若你**（蔣大鴻）**能信受奉行，則能得風水之道也；但天道秘密，遠則五百年一傳，近則三百年一傳。**」

無極子又說：「**昔日過去世我曾是無著大士**（無著禪師）**，與斗中真人皆明白風水之事，為扶輪大帝編定此風水埋金之術，今次普傳風水之法，當應及你**（蔣大鴻）**，由你**（蔣大鴻）**廣傳風水秘法，啟發日後之人。但天律有禁，不得妄傳，非忠信廉潔之人，不能聞其一二，若傳匪人，是自找罪禍也。**」

於是蔣大鴻向無極真人行拜師禮，並長跪而受戒，且稟告諸天神祇，恭敬信受。（後來其母親於第三次之遷葬中，始葬得風水佳城。）蔣大鴻是在遊於方野之外時遇見無極子，也許是緣份吧！蔣大鴻用了十年時間，始將無極真人所傳《玉函真義》風水之秘法了悟，其後又用了十年時間，以求引証真訣，為了精益求精，再用十年時間求精於風水之道，後至七十多歲時，始對風水內外無惑。

一六五〇庚寅年，蔣大鴻棄職離開福建，他一身道士打扮，掩飾自己過去的身份，開始訪尋並考察先世帝王聖賢陵墓古蹟及名家所點葬之墓宅，先後遠遊福建、江西、浙江、江蘇、安徽、河南、河北、山東等地。

一六五二壬辰年，時年卅六歲虛齡，蔣氏將數畝薄田分給姪兒輩管理，收拾行李，西抵四川，渡錦江，登劍閣，涉峨眉之巔，南至武昌，登黃鶴樓，渡漢江，上晴川閣，考察帝皇陵墓名墳，自覺領略萬千，不覺又兩年矣。

（繼大師註：錦江位於四川成都市的中心城區的東南側，原名東城區，因流經錦江區域而得名。劍閣縣位於四川省北部偏東，隸屬廣元市，是甘肅、四川之間的交通要道。

晴川閣位於武漢市漢陽區龜山東麓，北爲漢水，東爲長江，與隔江相望黃鶴樓。焦山寺在今江蘇鎮江市東焦山上，本名普濟寺，南宋景定年間重建，改名焦山寺，現名定慧寺，爲白蛇傳中的金山寺。）

於一六五四甲午年，時年卅九歲虛齡，當蔣氏回歸鄉里途中，渡長江至金焦之間（今江蘇鎮江西北），時薄暮，狂風大作，駭浪千尺，如金蛇萬道，茫然無際，於黃昏時，船泊焦山寺前（即京劇《白蛇傳》中的金山寺），他聽聞有一位得道高僧名虛無上人，懂陰陽玄理，人莫能測。於是登法堂進謁，見一人，蒼顏白髮，清癯異常，形如槁木，心若死灰者，遂與此上人談玄論道。

閒談中，上人得知蔣氏好風水，未幾上人取出一本水龍經給蔣氏，內有〈水龍圖八十幅〉，皆自古名塚吉地，格格成形，實為世間罕見，上人藏此卷經，尤恐不得其人，見蔣氏深知陰陽之理，並囑咐曰：**「子好浮屠**（即佛法也）**。而虛無之境不易窺也。子善地理。曷弗以此卷精而玩之。一深救世之心乎。」**

於是蔣氏拜而受之。在此之前，蔣氏已輯訂《水龍經正集五卷》，蔣氏將此卷反覆推論其形局，加入《續水龍經》〈卷二、卷三〉兩卷內及《水龍經陰陽宅》。

（繼大師註：此全卷水龍經，被清朝皇室收納為禁宮祕典，此書此卷《續水龍經》于二〇〇二年六月由海南出版社重新將此故宮真本出版，雖是簡體字，大家可以研究，但其註解就令人失望，用山龍去註解水龍，那真的不合，好像外行人註解內行學理一樣，僅可作參考而矣。

此卷《續水龍經》二、三、四卷，並沒有出現在武陵出版社出版程穆衡校錄《祕傳水龍經》內，而《水龍經陰陽宅》上下兩卷，則與程穆衡校錄《祕傳水龍經》之第五卷相同。）

於一六五〇年起，此二十年間，蔣氏在其風水上之學問，自言是得「**內無惑思，外無疑旨**」。因蔣大鴻半生人遊歷大江南北，訪尋仙蹤，搜集風水秘本，考察名穴，以致四十歲時還未結婚。並自言：「**杜陵狂客不勝愁。四十無家浪白頭。只為尋山貪幹氣。蒼苔古道漫淹留。**」

於清、順治十四年丁酉年（公元一六五七年），時虛齡四十一歲的蔣大鴻遊越（今浙江）考察夏禹皇陵墳穴（今浙江紹興越城區），同行之人有李生、于鴻猷、于源義、沈億年、王錫礽、周績賢、餘姚丞相之耳孫呂相烈、其叔呂師濂、其弟呂洪烈……等四十餘人。

正當各人到了宛委山下之大禹陵墓時，由於大禹陵墓是名勝古蹟，是為紀念大禹而建造的。但真正大禹所葬之地，並沒有人知道，只在附近罷了。

當時蔣大鴻登上「窆石亭」，即遙指一處說是大禹真正所葬之穴地，當時同遊之四十餘人皆不明白蔣氏之所指，唯獨呂相烈（當時尚未拜師）目不轉睛，注意力集中蔣氏所指之處，隨即拍掌讚嘆，並說：**「先生真神人也，雖古人管輅及郭璞亦未覺高明過先生很多，願意執行弟子之禮，拜先生為師，並且懇求先生為吾母親點穴卜葬。」**

其後蔣大鴻為呂相烈之母親，在宛委山南面山腳處，名定馬鬣之地方點穴造葬。

此次遊歷，各人甚為高興，蔣大鴻從此與呂氏各人交往甚好，一路上與他們的從叔呂師濂及弟弟呂洪烈飲酒、吟詩、作對，得意忘形，暢談古今，甚為投契，從此定下交情。後蔣氏奉守師戒，稟告諸天神祇，正式收他們為弟子，之後，並傳授無極真人之《玉函真義》及教授自著的《天元歌》、《天元餘義》給他們。

丁酉至戊戌年間（一六五七至一六五八年），蔣大鴻與呂相烈及眾弟子等人，開始遊歷於名山大川，一來訪察古蹟名穴，二來蔣氏母親尚未找得吉穴造葬，並計劃為母親卜地。於是遊於浙江境內諸山，又遊四明（今浙江寧波）、天姥（剡縣近奉化市）、金庭（今紹興東海際之桐柏山）若耶（又名若邪，山下有若邪溪，若耶處有樵風涇。）

又遊於三浙（浙江、江蘇、安徽）以東（即上海寧波一帶）、虞江以西（即紹興、杭州、臨安一帶）、丹陽等地，並自言：「**坐嘯曲阿**」（曲阿即今之丹陽），其蹤跡遍至三浙。

于己亥年（一六五九年），清軍已佔領福建大部份地區，鄭成功在廈門建立了一支水師部隊，直逼南京城，後清軍詐降，反敗為勝，強迫百姓從海邊後移四十里，使鄭成功無法補充兵糧，於是退回臺灣據守。

由於蔣大鴻曾在閩做過大官，很多人皆知他精通風水，而他又愛吟詩作對，於是很多文人雅仕及對風水有喜愛之人與他同遊，甚至追隨他學風水。

弟子有：江蘇丹陽之張考廉（字仲馨號野溪）、會稽之（今紹興）姜垚（汝臯）、江蘇丹徒之駱考廉（士鵬）、山陰（今紹興）之呂相烈（衡鄉）、呂文學、武陵之胡泰徵、淄川之畢解元（世持）、于鴻猷（辰遠）、于鴻義（因仁）、沈億年（秬丞）、周績賢（履道）、王錫礽（永台、元令，蔣氏祖母之姪孫）蔣懷淇（蔣氏嫡宗長房）、蔣翼明（蔣氏從叔）、蔣雯翯（翯音鶴，潔白肥潤之意，是蔣氏同曾祖弟）……等人。

當時蔣大鴻在遊歷了中國大江南北後，發覺會稽一帶（今浙江紹興）風水極佳，於是，便在會稽若耶之樵風涇定居下來，其中大部份弟子均是江蘇、浙江附近之人。

當蔣大鴻行經好風水之地，則住一段時間，曾在丹陽地方落腳。每當考察時均很認真，他考察古墓、帝跡、宮殿、廟宇、大宅、市鎮，即時寫下筆記，記錄考察時所得下來之珍貴風水學術資料，除不時翻看筆記外，更查看古人之風水秘典，反覆推敲，務求把考察時所不明之理加以瞭解。此段時期，就是他的學風水後「第二個十年」之中期。

在此期間，蔣大鴻一則遊方考察，二則搜尋風水秘本，並以會稽（今紹興市）作為基地，不時作長或短途之考察，他自從獲得無極子真傳後，知道高山平地和陰陽二宅的秘旨，並珍藏了一本《水龍經》，但從不肯輕易示人，他雖於山龍之法而了了於心，但於水龍之法，還未能完全瞭解，他求之古今文獻，皆未有明確之顯示，之後乃得幕講禪師之《玉鏡經》及《千里眼》等諸書，於水龍穴法上，始有憑證，且吻合他曾學會之水龍穴法。

蔣大鴻於清、順治十六年己亥年（公元一六五九年），他回到他定居之處——會稽之樵風涇（今紹興市），將自己之領悟，著下他一生之中較為重要的著作，就是《天元歌五篇》，即《玉函真義》之理，將山龍、平洋陰陽二宅之理，闡發無遺。

他將水龍口訣之秘密，寫在《天元歌》之第三篇內，而《天元歌五篇》是：

第一篇——總論
第二篇——論山龍
第三篇——論水龍（即水龍訣）
第四篇——論陽宅
第五篇——論選擇（即論七政四餘之天星擇日法）

他並在《天元歌》〈第三篇〉末段內寫：**「水龍一卷贈知己。大地陽春及早收。」**

蔣大鴻早知楊筠松先師曾著有水龍經秘本，但已失傳，他尋訪此秘本已十年多了，終不能得。他雖受無極子授予《玉函真義》，並傳他《平洋地理玉函經》秘本三卷，〈上卷〉天元三十局，〈中卷〉人元二十局，〈下卷〉地元三十局，全書總共八十局，但他認為還未完備，更想搜尋楊公之五卷水龍經秘本。

結果皇天不負，蔣大鴻終於在西陵（**繼大師註：西陵又稱西興，本名固陵，六朝時爲西陵戍，五代吳越改名西興，即今浙江蕭山縣西。**）在顧氏家得水龍經，可惜此楊公水龍經並不完整，只是其中之第二卷。

於清、順治十七年庚子年（**公元一六六〇年**）之春天，蔣大鴻與好友余曉宗過訪同郡（會稽郡）的鄒先生，鄒子以一卷水龍經相示，他閱讀之後，深嘆三百年的不傳之學，居然有人可以靠推測而得其大要，蔣氏即考察其年代，發覺應該是明、萬曆（**公元一五七三至一六一九**）間所著，而作者不詳，雖未識三元九宮的秘要，但內容格局與蔣氏所見之成敗興亡格局相符，並稱讚此作者算得上是絕倫敏妙之才。

但是遺憾的，此卷只是水龍經之第五卷而矣。不久，蔣氏訪吳天柱先生，吳子以水龍經之一、三、四卷相示，結果，相傳楊公失傳以久之五卷水龍經，蔣大鴻竟全部得之，數卷水龍經皆沒有作者姓名，蔣氏自言：「**乃嘆平陽龍法未嘗無書。但先賢珍重不肯漫泄於世爾。**」

由於蔣氏得無極子著之《平洋地理玉函經》，且得幕講禪師之《玉鏡經》及《千里眼》諸書，今又得楊公秘本《水龍經五卷》，於是，蔣氏著手重整水龍經之秘本，並在江蘇丹陽（**繼大師註：今在鎮江之丹陽，在秦時名雲陽，又名曲阿。**）自稱「水精庵」處撰寫《水龍經》，經分五卷，每卷之首，蔣子必加上總論文章各一篇，並校定整理而編成五卷，每卷分上下卷，即是：

卷一——「**明行龍結穴大體，支幹相乘之法**」作者不詳。

卷二——「**述水龍上應天皇諸格**」化龍山人董遇元所述郭景純（郭璞）之言。

卷三——「**指水龍托物比類之象**」作者不詳，但述說郭景純（郭璞）之旨。

卷四、五——「**明五星正支穴體吉凶大要**」作者不詳。

蔣氏在〈卷三總論〉時，說出極為讚賞此水龍經作者之語。蔣氏云：「**予最喜其篇首。山郡以山為龍。水郡以水為龍。二語為地理家千古開闢之論。必非淺學者流所能希其萬一。**」

蔣氏將自己所珍藏之《水龍經》秘本末篇圖和第三卷的圖，同輯於新編五卷水龍經之〈卷三〉內。蔣氏將這失傳以久之水龍經再現人間，可謂將管、郭、黃石、楊、曾、廖、賴等諸家共宗之穴法延續其法脈於後世。他雖公開很多秘密，但卻屬巒頭形勢之法，至於三元元空六十四卦之理氣，始終沒有揭露，只借二十四山說卦理罷了。

蔣氏所輯訂之五卷水龍經，全部共有五百一十五個圖，奇怪的是，所有圖局均未有寫上方位，包括廿四山方，而卦理更不用說，只是水局圖罷了。

（繼大師註：筆者在查看無極子著的《玉函經》秘本時，發覺全經共有八十水局圖，均有用廿四山寫上水路來去之方向。而兩經之水局圖雖不盡同，但大同小異也。又或許蔣氏將水局圖之方位字句刪去吧！）

正在蔣氏編輯此《水龍經》之時，只有八歲的清康熙皇帝在公元一六六二年登位，由鰲拜為首的四個大臣輔政，而明餘臣鄭成功卒，其子鄭經嗣據守臺灣，清朝在中國之統治中尚未完全穩定，政局尚動盪。直至康熙廿二年（公元一六八三年）鄭成功之孫鄭克塽投降於清，清兵佔領臺灣，而之前兩年，三藩之亂已平，清廷正式統一全中國，局勢開始平定。

於清、康熙十四年乙卯年（公元一六七五年），蔣大鴻自覺所著之《天元歌五篇》，還未能述說透徹，於是把自己日常在考察古墓風水時寫下之筆記加以整理。當時蔣氏剛在江蘇丹陽逗留數日，這樣便寫成《天元餘義》一書，補《天元歌五篇》之不足。

在當時來說，可謂公開了前人未敢宣洩之風水秘法了，而其內容雖有重覆《天元五歌》之旨，其實是將陰陽二宅風水之理，述說更加透徹罷了。

清、康熙十七年（公元一六七八年）正月，康熙皇帝從吳三桂發動戰亂中吸取了教訓及經驗，若要清朝統治得堅固安定，必須爭取漢族特別是江南漢人的支持，於是頒下詔書，征招「博學鴻儒」，令在京官員和各省督撫舉薦有聲望的儒生文士來京。

次年，清、康熙十八年己未年（繼大師註：己未年公元一六七九年是《地理真書》所說，較為恰當，尹一勺編之版本則說是丁巳年。）蔣氏將由武夷道人得之《傳家陽宅得一錄》風水秘笈撰寫了《八宅天元賦》。這是他得了此秘本三十三年後始撰書公開其秘；後來於康熙廿三年甲子年（公元一六八四年），他在魏柏鄉（相國）家中亦得有此秘本。

（一六七九年己未年）同年三月，各地薦舉的文士達一百四十三人，後世稱為「己未詞科」，考試作詩二十首，得一或二等者俱入翰林院，有者授「待讀、待講」職位，甚至沒有入試的、考試不完卷的，也授職放還。

這次「博學鴻儒」科，顯然不是科舉考試，而是旨在招攬南方士人，以消除反抗清廷力量。在一六七八年，其友人希望能把蔣大鴻舉薦給清廷得授「博學鴻儒」而得一官半職。蔣氏極力拒絕他們（時虛齡六十二歲），並對於自己在年青時代仍念念不忘，時常緬懷過去的明治時代，內心對清政府極度排斥，其詩詞老師陳子龍、名士夏允虞父子及其弟子等多人暨明末幾社眾人等，都在抗清時被殺，因此甚為悲憤，蔣氏到晚年時還懷念他們。

蔣大鴻在清、康熙廿三年甲子年（公元一六八四年），時虛齡六十八歲。在丹陽補作《陽宅指南》及補寫冷仙所著《歸厚錄》十八篇中所失去的六篇，為：「**巨浸、胎息、乘龍、還元、御極、注受**」。同年，在魏柏鄉（相國）家中亦得有《傳家陽宅得一錄》之秘本。

同年，蔣氏為劉姓卜一壽穴作生基，代他日後百年歸老後使用，蔣氏在壽穴圖中註明，甲申後廿年後（即公元一七〇四年）除五黃加臨坐山之外，年年都可以造葬。

康熙廿四年乙丑年（公元一六八五年），時蔣氏虛齡六十九歲，由於弟子姜垚與蔣氏同住於會稽郡，所以姜垚常跟隨蔣氏出門與人點穴造葬。一次，姜垚有一親戚，家中養有一地師十餘年，地師點有一地給其親戚，穴之堂局極美，此地於康熙廿三年甲子年（公元一六八四年）扦葬，時值上元一白運，係壬山丙向，但葬後不及一年，全家患疫病而死，其同姓過繼子爭其家產，訴訟之事未息。

姜垚帶蔣氏來此穴觀看，蔣氏笑謂，此地固然美，但可惜犯反吟伏吟（即墳碑坐向與來龍向度一樣），葬之則災禍齊至，時日無多矣。後姜垚問蔣氏有關珠寶線與火坑線之分別（即吉凶線之分別），蔣氏曰：**「通則為珠寶（吉）。不通則為火坑（凶），珠寶與火坑（吉與凶）之線度，是在人心之領悟而已。」**

蔣氏又引俗語有云：**「我葬出王侯。人葬出盜賊。」**並謂在同一山水上，其重點在及早分辨也。

康熙廿五年丙寅年（公元一六八六年），時蔣氏虛齡七十歲，為余家卜葬一穴，弟子姜垚見蔣氏繪有穴地地圖，便詢問穴情的風水問題，但蔣氏以姜垚那時的水準，暫時未夠程度學習，以待來年解答。由此可見，蔣氏對弟子要求極高，若未夠程度去理解，則不能說出真訣。

在此以後，一面傳授風水秘法，一面給人點穴造葬。由於蔣氏於壯年喪父，父親骨殖尚未卜葬吉處，康熙廿七年戊辰年（公元一六八八年，時虛齡七十二歲。），蔣氏在浙江餘姚（今余姚）處點得一佳城，奈何無資購賣，其弟子姜垚出資二千金賣下，並送給蔣氏，其後蔣氏授以元空挨星訣給他。

由於姜垚得蔣師挨星之真傳，乃明白挨星訣之法，後作註解於《青囊奧語》中。置於《地理辨正疏》〈卷之二下〉，並於康熙二十九年庚午年完成，（公元一六九〇年，時蔣氏虛齡七十四歲。）後蔣氏由樵風涇到紹興市時，見經中部份註解太顯露，於是命姜垚修改之。其中《青囊奧語》第一句及其部份之註解是：

「坤壬乙巨門從頭出」

姜垚註解節錄是：**「奧語首揭此章。乃挨星大卦之條例。坤壬乙非盡巨門而與巨門為一例……此中隱然有挨星口訣。必待真傳人。」**

這註解顯然隱秘，他只是強調以坤、壬、乙為例，並非全部都是巨門二運，是借廿四山說明六十四卦之關係。直到清、道光七年丁亥年（公元一八二七年）張心言在此句註解中，始用六十四卦作解說。

蔣氏在當時已註解了《青囊奧語》，但為何傳了挨星訣給弟子姜垚後，又命他再作註解呢！查其原因，就是因為挨星偽訣充塞當時風水界，以致真假不分，為了加強原來挨星真訣之真實性，所以註解又補註，可謂用心良苦也。

蔣氏對弟子謂：「**坤壬乙一訣**」，經人妄自修改，已達數十種版本下，各說紛云，此訣是以河洛理數，用其生成數而變化出挨星之關係，今術士之流，那能得知其秘密，此訣如非是大聖大賢或大智大慧之人不可知道也，然此等人若非得明師真傳，亦不可得知。

如《青囊奧語》云：「**勸君再把星辰辨。吉凶禍福如神見。**」又如《天玉經》之：「**五星配出九星名。天下任橫行。**」此挨星秘訣，惟見有心術端正之人，方可偶而洩漏一些，眾弟子應當知之。

蔣氏又說：「**現有人妄將青囊奧語十二字刪改，外面傳言，謂每卦翻出，無論兼與不兼，皆以星起而不以卦起。這真是群盲評古也。**」

蔣大鴻以多年心血，註解楊、曾二公之風水秘訣，並且公諸於世，引起當時風水界之震驚。蔣大鴻因註解了《地理辨正注》，其中有《青囊經》、《青囊序》、《青囊奧語》、《天玉經》、《都天寶照經》

等諸經，更作有《平砂玉尺辨偽》一文，內容剖析三合理氣之非，並提倡使用六十四卦作為風水上吉凶之理據，其中有云：

「夫吉凶之理。莫著於易。易六十四卦。各有其吉。各有其凶。」

由於傳統風水理氣上，當時大多使用地盤、人盤、天盤之廿四山三合之法，而六十四卦易學之風水理氣絕少公開，而《平砂玉尺經》在當時的影響力很大。明、嘉隆（公元一五六七至一五七二年間）並有流行此書，明、萬曆年間（公元一五七三至一六一九）中期，此書極流行，為了免使蒼生遭塗毒，蔣大鴻寫《平砂玉尺辨偽》一文，影響當時的風水界很大。

蔣子雖註《地理辨正》而疏於諸經，但內容仍然很隱秘，多借廿四山而指卦理，其中亦有很多啞謎。正如張心言在《地理辨正疏》序文中說：

「天玉諸書。每借羅經二十四字為易理六十四卦說法。引而不發。索解人而不得。雲間（華亭的別名）**蔣平階確有所見。集諸書註辨正五卷。然仍作隱語。不露真旨。」**

（繼大師註：後於一八二七年丁亥年，張心言把六十卦方圓圖、一至九運卦圖、挨星卦圖及順逆四十八局等圖，置於《地理辨正疏》卷首前，並與三合家一再劃清界線。）

此時，蔣大鴻此時之年齡已是虛齡七十四歲（一六九〇年庚午年），他在這時，父親已卜葬於餘姚，母亦已卜葬多年，而生平最嚮往之風水學問已學畢，可謂心願已了。他在《地理辨正疏》之《辨偽文》中說：

「地理之學。求之十年而始得其傳 …… 徧證大江南北古墓又十年 …… 益精求之又十年而始窮其變。而我年則已老矣。姚水親隴告成。生平學地理之志已畢。自此不復措意。」

雖然蔣氏心願已達成，但因註《地理辨正注》、《水龍經》、著《天元五歌》等諸經而聞名於三浙一帶，可惜的是，人心不古，於當時三浙地區（江蘇、浙江、安徽）傳聞有蔣氏風水秘本，有人又說得蔣氏之真傳，難怪蔣大鴻嘆息有人自作風水偽法，以其心術不正而謀人身家，又以不正之書傳之，必貽禍於後世眾生。因此，他作《辨偽文》於《地理辨正疏》之首頁。

一日，蔣大鴻在路上遇見一飢餓之老者，其道貌岸然，並向蔣氏乞食，蔣氏引老者入其書齋，準備給他食物金錢，剛巧書齋內置有一羅盤於桌上，老人見之，未通報姓名即駁斥此羅盤有錯誤，老者乃取出另一羅盤出示。

並說：「此盤是蔣大鴻先生所定制，名蔣盤，其用法只有我知，無奈天律有禁，不可輕洩妄傳。」

當時蔣氏弟子姜垚亦在場，即詢問老者在何處見過蔣子？

老者答曰：「昔年在江蘇無錫做官時見過，且向其送厚禮，並拜師入其門下為弟子，此羅盤是蔣先生所親授者也。」

蔣大鴻聽了，不禁哈哈大笑，笑聲不止。

其弟子姜垚忍不著，即指著蔣氏向老者說：「這位就是蔣大鴻先生也。」

老者不信，極指姜垚說謊。時蔣氏取出魏柏鄉寫給他的親筆信，內有蔣大鴻之名字，後老者始相信，並通報姓氏。三人一同到姜垚家中吃飯，時老者談及被人欺騙之事情，整個人甚為沮喪。

翌日，蔣氏相老者之祖墳，其碑向皆誤也，故葬後家道日漸蕭條。後老者到姜垚家中住宿一宵，蔣氏見此老者甚可憐，隨即授以顛倒卦訣給他。這可見當時有人因見蔣大鴻出名，竟然冒蔣子而行騙世人，難怪蔣氏常感嘆也。

蔣氏隨後又授弟子張考廉（字仲馨，號野溪師）七政四餘之天星擇日法，蔣氏一再強調，巒頭若不佳，理氣不合，天星亦無用，巒頭為本，理氣為末，天星擇日，末之又末也。

蔣大鴻先生雖身懷風水絕學，當時風水行內之人均知道他的名字，但一般坊間百姓，未必知道蔣氏是風水奇才。一日，蔣氏在餘姚，當地大儒梨洲先生求見（棃洲是清初大儒黃宗羲別號），黃宗羲未知蔣氏是風水高人，黃氏自點一穴，留待自己百年歸老之用，可惜資料未全，即命其子黃百家回家，取其自卜穴地地圖給蔣氏鑒定是否可用。

蔣氏隨即信手書寫數千言，反復論其穴地並不合時宜。黃宗羲自己是深入研究易學的理學家，自覺奇怪，對於為何蔣氏對易卦之認識那麼深入呢！真不得而知了。

次日，黃宗羲再訪蔣氏，堅持請他為自己的壽藏（生基）卜地，但蔣氏想回華亭（松江），所以推卻他。而另一原因或黃宗羲起初之誠意及信心未夠吧！世人每每執着於自己之見識，認為自己是易學理學家，即使有明師現前亦多不察覺，或許個人之福份不足所致吧！

（繼大師註：黃宗羲，一六一〇年至一六九五年，字太沖，號梨洲，世稱南雷先生或梨洲先生，浙江餘姚縣人，父親黃尊素，妻子葉寶林，育有三子名：黃百藥、黃正誼、黃百家。明末清初經學家、史學家、思想家、地理學家、天文曆算學家、教育家。

黃宗羲與顧炎武、王夫之並稱「明末三大思想家」；與弟黃宗炎、黃宗會號稱「浙東三黃」；與顧炎武、方以智、王夫之、朱舜水並稱爲「明末五大師」。黃宗羲被譽爲「中國思想啟蒙之父」。著作有：《易學像數論》、《宋元學案》、《明史案》、《明文海》、《明夷待訪錄》、《行朝錄》、《今水經》及編輯中國第一部學術史《明儒學案》。）

由於蔣大鴻所著風水地理書多卷，並在書中常強調：「**天律有禁、三緘其口、不漏片言。**」以致被當時之時師取笑及詆毀其術。蔣氏常勸勉弟子謂：「**若有人毀謗其術，其人必有陰惡，萬勿與他計較，姑聽之可也。**」

一日，蔣氏與弟子姜垚在昌安門外（即今之紹興市區昌安街），遇見某主家與造葬地師及土工一干人等，因土工們常參與修造蔣氏點穴造葬之墳墓工作，故此認識。

土工們皆曰：「蔣先生來矣。」

主人家問：「蔣先生是誰？」

土工曰：「地仙也。」

地師們一聽見是「地仙」，皆掩鼻大笑，隨即對主人家向蔣氏取笑曰：「天機不可洩漏之蔣大鴻也。」

地師們又對蔣氏曰：「這樣好的大地，實是天地之所留也，不用你洩漏天機也！」

地師們均稱讚自己為主家所點之地好，又誇讚龍穴山水之美。蔣氏沒發一語，只順應其言，亦沒有甚麼表示。

剛好有一些土工與姜垚認識，偷偷告訴姜氏，謂：「此墳立丑未兼艮坤向，前三年，蔣先生為人葬有一地，用丑未山向，今其主家日見興隆，其中有一地師，欲抄蔣先生老文章，擬用丑未正向線度，其餘地師皆不敢用，眾地師所以聚於此處，討論一番，眾說紛云也。」

蔣氏回家後，即告之姜垚謂：「主人家死矣，葬時犯五黃紫白年星，焉有不損人之理。」

主人家葬祖墳五日後，因騎馬時墮馬而死。

（繼大師註：此段出自姜垚著《從師隨筆》內，在《沈氏玄空學下冊》金剛出版有限公司印行，內第八五九頁，文章後有細字註解，但未知是何人所註，其謂：「二運己亥年丑山未向，坐上犯五黃力士，緣是年年星二入中五到艮，亥子丑之年，力士亦在艮故也。」

繼大師查回康熙五十八年己亥年，是公元一七一九年，二黑入中，順飛各宮，五黃紫白年星飛臨坐山東北方艮宮，即「丑艮寅」三山也，時值上元二運。雖正確無誤，但蔣氏生於一六一七年，時值一〇三歲，他還可以給人家看風水嗎！於理不合。

有四個年份是二黑入中的，先後為：

（一）一六九二年 — 康熙三十一年壬申年 — 蔣氏虛齡七十六歲
（二）一七〇一年 — 康熙四十年辛巳年 — 蔣氏虛齡八十五歲
（三）一七一〇年 — 康熙四十九年庚寅年 — 蔣氏虛齡九十四歲
（四）一七一九年 — 康熙五十八年己亥年 — 蔣氏虛齡九十九歲

此段事情，姜垚在《從師隨筆》內記載於蔣氏與黃宗羲求卜壽藏之後，黃宗羲生於一六一〇年，他在一六九五年逝世，最合理的時間就是一六九二年壬申年，蔣氏時虛齡七十六歲，那就非常配合所發生的事情了。）

蔣氏除精於陰陽二宅風水外，他還很有慈悲心，每每在文章中流露而出。於康熙五十三年（公元一七一四年甲午年）一日，蔣氏與弟子姜垚路過一地，見一孝子，撫棺大哭，其狀甚慘，極為可憐，蔣氏詢問圍觀行人，知其孝行可嘉，當時其親人有地師為他立向，是辰戌兼乙辛山向，即風山漸卦䷴向，後蔣氏為他親人立乾巽向，即地山謙卦䷎向。

據姜垚著之《從師隨筆》記載，此墳葬後十年，其孝子從商，後賺了大錢，身家積資十餘萬，生了數人，皆容貌魁偉，聰明過人。而蔣氏用風水助人，只是出於慈悲心，其心願悲天憫人，甚至地師之庚金（報酬）也沒有收受。

蔣大鴻眾弟子之中，並不是只得姜垚學得真傳，而當時之傳人亦有：張考廉、駱考廉、呂文學、胡泰徵、畢解元、于鴻義、于鴻猷、沈億年、周績賢、王錫礽、蔣翼明（蔣氏從叔）、蔣雯翯（字姬符，翯音鶴，潔白肥潤之意，是蔣氏同曾祖弟）、蔣懷淇（蔣氏嫡宗長房）、王永台（蔣氏祖母之姪孫）等人。他們大部份都是當時之職業風水師，眾人都以拜蔣大鴻為師而光榮，且眾人自視甚高，不可一世。

蔣氏在《地理辨正疏》之辨偽原文中，亦勉勵其弟子，謂求風水之學術，以充實自己為根本，並非學懂風水後而將其壟斷，而亦有弟子用風水為職業作糊口，蔣氏亦未嘗不憐憫他們，蔣亦強調風水之法，是秘密法，不可輕洩妄傳於匪人，天律森嚴，不可犯戒也，並言：

「然欲冒禁而傳真道。則未敢許也。至於僕（指蔣）之得傳。有訣無書。以此事貴心傳。非可言罄。」

蔣氏傳授風水學問於弟子時，並不是一下子全給與講授明白，對於弟子之發問，有時並不直接回答，其目的是：

（一）使弟子感覺風水秘訣是得來不易，要弟子們重法，不能輕洩妄傳。

（二）不即時回答弟子之問題，就是要弟子們對問題加強思考，日後解說，則使弟子們記憶深刻。

於康熙四十四年乙酉年**（公元一七〇五年）**春天，蔣氏為商姓福主遷葬祖先，卜一地用艮山坤向（坤**向爲**「訟䷅、升䷭」二卦）弟子姜垚私下認為其向度是零正神顛倒，犯上山下水，並向蔣氏叩問為何用此失時運之山向。蔣氏並沒有正式回答此問題，只微笑謂日後汝（指弟子姜垚）即知商姓福主如何。

數年後，商姓福主之人丁、財、貴三者皆備。同年冬天，蔣氏又為王姓福主遷葬祖先，亦用艮山坤向（**向升䷭或訟卦䷅**），而王姓福主不久其家道亦日漸興盛。姜垚再三追問蔣氏，蔣師但笑而不答。由此看來，蔣氏對於他本人之領悟之風水秘訣，可謂：**「不漏片言」**，這足以證明他是一位極「重法」之人，而心術不正之人是不傳的。

在公元一七〇五年，時蔣氏已是一位虛齡八十九歲之老人矣，足以證明他身體還壯健，仍可為人卜地造葬。

蔣大鴻先生遊歷了大江南北考證風水學問，他特別喜歡浙江北部，以紹興為中心，東至寧波，南至新昌，東至諸暨，西北至蕭山及西興，他在醒心篇中云：「**天授曾師**（曾文辿風水祖師）**無別著。直提直指泄元機。四明**（四明山及寧波一帶）**處處扦名墓。三百年來盡朱戶。**」

蔣氏指出，由於曾文辿曾在四明一帶卜穴造葬，所以三百年來，此地一帶曾出有名門望族之達官貴人，而蔣氏考察曾公所卜葬之墳，其風水造詣更上一層樓，而明師卜葬吉穴，可謂影響後世深遠。

蔣大鴻先師由於生長於明末清初亂世之中，對於明朝仍未遺亡，曾經募捐款項，招兵買馬，反清復明；晚年常談起自己年少時與明末社黨的讀書人交往及學習風水之往事，每每感慨激動，且痛哭流涕，在傍之人聽見皆同情他過往的遭遇。蔣氏晚年卒於紹興，臨終時告訴他的弟子，要把他葬在會稽若耶之樵風涇自卜名「**螺螄吐肉形**」的吉地上。

（繼大師註：若耶溪，今名平水江，又稱劉寵溪。唐代稱五雲溪，是中國浙江省紹興市境內河流，發源於若耶山。發源地為一口深潭，現為平水江水庫，附近有平水銅礦，若耶溪自南向北流淌，流經大禹陵後分成兩支，一支經會稽山橋注入鏡湖，一支向北入海。相傳歐冶子在若耶溪為越王鑄造寶劍。）

蔣大鴻一生在風水書籍上之著作甚豐，計有十餘種，卷以百計，其中很多已失散。現在流傳的有：《地理辨正注》、《水龍經五卷》（輯訂）、《八極神樞注一卷》（即選擇用之《烏兔經》）、《歸厚錄》、《玉函真義五篇》（又名天元歌，並包括醒心篇一卷在內，醒心篇又稱《天元餘義》）、《古鏡歌》、《東林始末一卷》（此卷非風水書籍，內述明末政黨鬥爭之事，四庫全書存目並宋府志）《支機集》（蔣平階與其弟子周積賢及沈億年合著之詞集。）、《畢少保傳一卷》（清、康熙間刻本）、《陽宅指南》、《傳家陽宅得一錄》、（即八宅天元賦）、《平砂玉尺辨偽文》（錄於《地理辨正疏》內）、《天玉經外傳》、《字字金》、《黃白二氣論》、《天驚三訣》及註無極子著之《洞天秘錄》等。……

其註解之《地理辨正疏》為地理家之經典理氣書籍，為各家三元地理派別所共宗，影響後世深遠。

蔣大鴻先生實不愧為三元地理家的一派宗師，而他求學（求風水學問）的精神，實為現今之典範。姜垚著《從師隨筆》有關蔣氏晚年的生平事蹟，其時間至康熙五十三年一七一四年甲午年春，還給沈孝子做葬親人墓地，時蔣氏虛齡九十八歲，是一位長壽老人。

《本篇完》

（三）《華亭縣志列傳》——蔣大鴻之生平事蹟

繼大師輯

在《地理合璧》（集文書局印行）〈卷首〉第一至二頁輯錄有《華亭縣志列傳》，其撰文者不知何人，只說參考於《宋府志夏史集》內〈蔣氏族譜〉。

近代又出版有《張澤志》，由《張澤志》編纂委員會編，學林出版社於一九九九年九月出版，在〈卷十六〉〈第四十四章〉〈人物傳記〉五四九至五五〇頁，錄有蔣氏生平事蹟。

於公元二〇一二年壬辰年陽曆一月，由葉榭鎮誌編纂委員會重新編輯《葉榭鎮誌》，因在公元二〇〇一年初，張澤鎮併入葉榭鎮，所以《葉榭鎮誌》的內容，包括了以前出版的《張澤志》，並由上海辭書出版社出版，內《卷二十五》《傳記》第七五二頁，內有蔣平階先生之生平介紹。各種版本，大同小異，《葉榭鎮志》，是比較詳細的版本，可作參考。

筆者繼大師有幸，適逢友人到上海工作，即托友人在張澤講買有關蔣氏資料，經整理後，恭錄如下：

蔣平階。初名雯階。字大鴻。居張澤鎮。爾揚猶子。嘉善籍。諸生。崇禎間。在幾社有聲。乙酉亡。赴閩。唐王授兵部司務。晉御史。劾鄭芝龍跋扈。人咸壯之。閩破。服黃冠。亡命假青烏術。游齊魯。轉徙吳越。樂會稽山水。遂止焉。卒。遺命葬若耶之樵風涇。

平階少從陳子龍游（陳忠裕）。詩文華贍典麗。凡天文、地理、陰陽曆數諸書。洞究無遺。尤諳兵法。時遇權閹。未展所學。晚益精堪輿。著書以傳世。康熙間。有欲以博學鴻詞薦者。大鴻亟止之。好談幾社軼事。感慨跌蕩。涕淚隨之。聞者哀其志焉。弟雯霱。字姬符。諸生。篤於孝友。能文。楊肅、章戩皆重之。平階子無逸。工書畫，卒於廣東。

另外，編輯在《紹興府志》內，亦有記載蔣大鴻生平，茲錄如下：

及明亡。唐王僭號於閩。平階赴之。授兵部司務。晉御史。抗疏核鄭芝龍跋扈。福建破。遂亡命。服黃冠。假青烏之術。浮沉於世。東至齊魯。登泰岱。謁曲阜。轉徙吳越間。樂會稽山水。遂止焉。康熙十七年。朝廷開史局。征博學鴻詞。故人欲為平階薦。亟馳書止之。

平階詩文詳瞻典麗。宗雲間派。以西京盛唐為要歸。於書宏覽。洞究無遺。好談幾社軼事。感慨跌蕩。滾滾不能休。酒闌燭灺。（灺音捨，沒點完之殘燭。）涕淚隨之。聞者服其才而哀其志焉。著書十餘種。卷以百計。歿後皆散落無存。遺命葬若耶之樵風涇。

《本篇完》

（四）蔣大鴻活動年譜 —— 繼大師撰

公元紀年	虛齡歲數	古代紀年	活動事跡
一六一七年	一歲	明萬曆四十四年丙辰年	於丙辰年十二月廿七日辰時，陽曆一六一七年二月二日，生於上海市松江區以南約十公里處，地名「張澤」，古稱「華亭、雲間」。蔣大鴻四柱八字是：丙辰年。辛丑月。癸亥日。丙辰時
一六二四年至一六三四年間	八歲至十八歲	明天啓四年甲子年至明崇禎七年甲戌年間	幼年時在上海市側之嘉善縣讀書。得祖父蔣安溪先生親授風水巒頭功夫。青年時隨江南名士陳子龍學習詩詞文學，直至三十歲逃離松江為止，並加入幾社為黨員，在讀書人中之雲間學派頗有聲名，且精通兵法、劍擊、武術、五術玄學。
一六三四至一六三八年間	十八歲至廿二歲	明崇禎七年甲戌年至十一年戊寅年	十八歲隨陳子龍學習詩詞歌賦，蔣氏與明末大臣玉笥先生鄧良知相好，曾與他在紹興商量抗清之事。

公元紀年	虛齡歲數	古代紀年	活動事跡
一六三五年	十九歲	明崇禎八年 乙亥年	母親逝世，因誤信風水時師，因而誤葬母親，引致家道中落。
一六三七年	廿一歲	明崇禎十年 丁丑年	曾數度隨風水時師學習風水，並且三度遷葬母親，並自言:**「弱冠母亡。胼胝山川之險。更數師而不究其旨」。**
一六四一年	廿五歲	明崇禎十四年 辛巳年	蔣大鴻之文學老師陳子龍成為幾社、求社及復社之領袖，結社達百人皆成為抗清復明之民間文人政治團體， 蔣氏常隨陳子龍在江南南陽與文人團體相聚。
一六四四年	廿八歲	清順治元年 甲申年	清攝政王與世祖遷都北京，明思宗崇禎皇於煤山上吊自殺，清兵南下。

公元紀年	虛齡歲數	古代紀年	活動事跡
一六四五年	廿九歲	清順治二年 乙酉年	蔣大鴻逃離松江到福建避難去，清兵於夏天南下佔領了江蘇揚州屠城十日，南明福王朱由崧被斬，八十多萬軍民被殺，三屠嘉定城，蔣氏逃到福建後，被南明唐皇授與兵部司務職位。
一六四六年	卅歲	清順治三年 丙戌年	蔣大鴻因公事到福建北部武夷山，得一道人贈以《傳家陽宅得一錄》後回閩南，時年三十歲。不久晉升至御史一職，時學習風水僅數年而矣。
一六四七年 至 一六五〇年 間	卅一歲 至 卅四歲	清順治四年 丁亥年 至 順治七年 庚寅年間	蔣氏藉借地師名義，週遊江南，聯絡義士，招兵買馬，繼續多次抗清，結果失敗而歸。蔣大鴻因公開彈劾鄭芝龍，後棄官離開福建，到處訪尋風水明師學習風水，後在曠野平原上得遇其風水傳承師父「無極子」，得玉函地理諸經。

公元紀年	虛齡歲數	古代紀年	活動事跡
一六五〇年	卅四歲	清順治至七年 庚寅年	蔣大鴻先後遠遊福建、江西、浙江、江蘇、安徽、河南、河北、山東等地，考察風水古墓帝都及廟宇皇陵等古蹟，最後在會稽若耶之樵風涇定居下來。
一六五二年	卅六歲	清順治九年 壬辰年	蔣大鴻了棄一切，將薄田數畝，付之兒曹，西抵四川，渡錦江，登劍閣，涉峨嵋之巔，南至武昌，登黃鶴樓，渡漢江，上晴川閣，考察風水兩年。
一六五四年	卅八歲	清順治十一年 甲午年	蔣大鴻渡長江至金焦之間，遇狂風大浪而停留焦山寺，得虛無上人授以《水龍經》兩卷共八十圖，後輯訂在《續水龍經》為第二及第三兩卷內。（繼大師註：此祕本版《水龍經》後於二〇〇二年由海南出版社出版，在《故宮珍本叢刊》系列內。）

公元紀年	虛齡歲數	古代紀年	活動事跡
一六五七年	四十一歲	清順治十四年 丁酉年	蔣大鴻與李沈生、于鴻猷、于鴻義、沈億年、王錫礽、周績賢、呂相烈、呂師濂、呂洪烈、蔣翼明（蔣氏從叔）、蔣雯翯（字姬符，翯音鶴，潔白肥潤之意，是蔣氏同曾祖弟）、王永台（蔣氏祖母之姪孫）等四十餘人，遊浙江紹興越城區，考察夏禹皇陵墳穴。
			呂相烈懇求蔣氏收他為徒，蔣大鴻又為呂相烈之母親在宛委山南面山腳「定馬鬣」之地方點穴造葬。
一六五八年	四十二歲	清順治十五年 戊戌年	在西陵（今浙江蕭山縣西之西興）顧氏家中得楊公之水龍經部份秘本。可惜殘缺不全，只是其中的第二卷。

公元紀年	虛齡歲數	古代紀年	活動事跡
一六五七年至一六五八年間	四十一歲至四十二歲	清順治十四年丁酉至清順治十五年戊戌年間	蔣大鴻與呂相烈及眾弟子等人遊歷浙江、江蘇等地，並計劃為母親點地卜葬。於是遊於四明（寧波）、天姥（剡縣）、金庭（桐柏山）、若耶（紹興一帶）、三浙（安徽、浙江、江蘇）以東（上海、寧波）、虞江以西，（紹興、杭州、臨安）、丹陽（古稱曲阿）等地。 他考察過之地方便寫下筆記以作記錄。
一六五九年	四十三歲	清順治十六年己亥年	蔣氏在自己定居之處-會稽樵風涇著下一生中較重要風水典籍《天元歌五篇》又即《玉函真義》，將山水陰陽二宅之理闡述。時年四十三歲，是年清軍已佔領福建大部份地區。

公元紀年	虛齡歲數	古代紀年	活動事跡
一六六〇年	四十四歲	清順治十七年庚子年	是年春天，蔣氏與好友余曉宗過訪同郡（會稽）的鄒先生，得《水龍經秘本》第五卷。
一六六〇年至一六六二年	四十四歲至四十六歲	清清順治十七年庚子年至康熙元年壬寅年間	蔣氏訪海鹽吳天柱先生，並得吳氏傳以《水龍經》中之九龍之法，及得吳氏《水龍經》秘本之〈一卷〉、〈三卷〉、及〈四卷〉。 蔣氏由於得到《水龍經》全五卷，於是在江蘇丹陽自稱水精庵的地方編寫《水龍經秘本五卷》。
一六六三年	四十七歲	清康熙二年癸卯年	蔣氏在江蘇丹陽撰寫《天元餘義》以補《天元五歌》之不足。此《天元餘義》是蔣氏在癸卯年一六六三年遊丹陽訪黃堂丹井古蹟期間所著，詳情請參閱《蔣大鴻一生在風水學上之著作》一文。

公元紀年	虛齡歲數	古代紀年	活動事跡
一六七七年至一六七九年	六十一歲至六十三歲	清康熙十六年丁巳至年康熙十八年己未年間	蔣氏從武夷道人處所得之《傳家陽宅得一錄》中，在丁巳年六月撰寫《八宅天元賦》。
一六七九年	六十三歲	清康熙十八年己未年	蔣氏拒絕友人舉薦清廷之「博學鴻儒」考舉。
一六八四年	六十八歲	清康熙廿三年甲子年	蔣氏在丹陽補作《陽宅指南》，及補寫冷仙所著《歸厚錄》十八篇失去的六篇，即「**巨浸、胎息、乘龍、還元、御極、注受。**」在魏柏鄉（相國）家中亦得有《傳家陽宅得一錄》。同年，蔣氏為劉姓卜一壽穴作生基，代他日後百年歸老後使用。
一六八六年	七十歲	康熙廿五年丙寅年	蔣氏為余家卜葬一穴，由第子姜垚協助。

公元紀年	虛齡歲數	古代紀年	活動事跡
一六八八年	七十二歲	清康熙廿七年戊辰年	蔣氏與弟子姜垚同遊浙江各地，在餘姚點一吉穴以葬父親，弟子姜垚代師出二千金賣下，蔣氏授以元空挨星訣給姜垚。
一六九〇年	七十四歲	清康熙廿九年庚午年	蔣氏完成父親在餘姚之卜葬。囑弟子姜垚註解《青囊奧語》及《平砂玉尺辨偽總括歌》，蔣氏亦作《平砂玉尺辨偽文》，並完成《地理辨正疏》內諸經的註解，蔣氏在卷首《辨偽文》序中說：「**姚水親隴告成。生平學地理之志已畢。自此不復措意。**」是年七十四歲矣。
一六九〇年至一六九五年	七十四歲至七十九歲	清康熙廿九年庚午年至卅四年乙亥年	一飢餓道貌岸然之老者向蔣氏乞食，後來老者始知被人冒蔣子之名而行騙，蔣氏見此老者甚可憐，隨即授以顛倒卦訣給他。

公元紀年	虛齡歲數	古代紀年	活動事跡
一六九〇年至一六九五年	七十四歲至七十九歲	清康熙廿九年庚午年至卅四年乙亥年	蔣氏在餘姚，當地大儒黃宗羲（梨洲先生）求蔣氏鑒定自卜穴地的風水是否可用，後蔣氏想回華亭（松江），所以推卻了他。
一七〇五年	八十九歲	清康熙四十四年乙酉年	蔣氏於春天為商姓造葬一地，是年冬，又為王姓扦葬一地，時年八十九歲矣。
一七一四年後	歲數至少達九十八歲	清康熙五十三年甲戌年	蔣氏晚年常與弟子說起自己少年時之往事，生逢亂世，改朝換代，每每感慨激動至痛哭流涕，傍人皆同情他的遭遇，後卒於紹興，囑門人弟子，把他葬在會稽若耶樵風涇林家灣與林家匯間，自卜「螺螄吐肉形」的吉穴上。

（五）蔣大鴻出生地之考據

繼大師

根據《地理合璧》卷首之《華亭縣志列傳》記載，蔣大鴻居張澤之地方，這列傳之記載，是根據《宋府志夏內史集》及《蔣氏族譜》編寫而成。

蔣大鴻在著辨偽原文之署名是：「華亭蔣平階大鴻氏敬告」。很明顯，蔣大鴻是華亭縣人，而華亭縣原為三國時代吳國陸遜封邑之地，唐朝天寶十年割崑山、海鹽、嘉興之地而置華亭縣，因地有華亭谷而命名，歷代均採用。直至民國三年（公元一九一四年）改為松江縣，屬江蘇省地域，即現今之上海市松江區內。

明、崇禎年間，正是蔣大鴻先生出生之時代，是採用「禹貢山川圖」作為明代疆域建置的底圖，用墨書《禹貢》中的山、水、湖及地名之名稱，是原用於戰國時代，《禹貢》古地圖是中國古代地理名著。明代之松江即古代之三江。

根據明朝年間所制定之當時地圖，蔣大鴻之出生地印有「松江華亭」字樣。根據清、乾隆廿五年用銅版鐫制之地圖，華亭縣就在松江府鄰近。此清代一統地圖於一七六〇年所制，原為內府秘藉，外間絕少流傳，迨民國十四年（公元一九二五年）始在北平故宮發現，全圖共一百三十幅，為中國最早之亞洲大陸地圖。

筆者繼大師翻查現代地圖，發現在上海市松江區以南約十公里處，有一地方「張澤」，又名「張澤鎮」，以古今中國地圖比較，理應此張澤地方就是蔣大鴻之出生地。

而華亭又名松江府，因有松江而命名，松江又名吳淞江，古稱「笠澤」，一名「松陵江」，為太湖支流，是三江之一（古時又稱三江），由吳江縣東流與黃浦江合，再北上出吳松口入海。元朝十五年，松江改原華亭府為松江府，治所在華亭縣，清代屬江蘇省，民國元年（公元一九一二年）併婁縣入華亭縣，民國三年（公元一九一四年）改為松江縣，仍屬江蘇省，今屬上海市松江區。

在蔣大鴻之著作中，其中之《秘傳水龍經五卷》約編於清、順治十七年庚子年（公元一六六〇年）之後，在〈卷一總論〉前，其署名為：

「雲間蔣平階大鴻輯訂」等字句。

在尹一勺註解之《陽宅三格辨》(選自天元餘義),其署名是:

「雲間蔣平階中陽子著」等字句。

在《玉函真義》蔣子自序一文後署名是「中陽子蔣大鴻」。而《地理真書》是「宗陽子」之稱號,在丁芮樸著之《風水祛惑》有**「蔣雯階字馭閎」**,後更名**「平階字大鴻」**之記載。

除「中陽子」是蔣大鴻之另一筆名外,亦加上「雲間」的名字,即江蘇松江縣(古稱華亭),他撰寫地理書時習慣寫上出生地名於姓名之上方。另外,蔣大鴻撰寫風水地理書時,他常用「杜陵」一詞,在《天元五歌》〈第三章〉末云:

「杜陵狂客不勝愁。四十無家浪白頭。」

他又在《天元餘義》〈原序〉末寫上:「杜陵蔣平階」。其著作上均出現「杜陵」字句。只有「傳經堂藏版」之《醒心篇》著作中是印上「松陵雲陽子」字樣。

究竟是「杜陵蔣大鴻」還是「松陵蔣大鴻」呢?筆者繼大師化了很多時間鑽研兩者之關係，原來「杜陵」之解釋是:

(一) 杜陵:是地方名，位於陜西西安市東南，秦時置為杜縣，漢宣帝在此築陵，改名杜陵，杜陵東南十餘里有小陵，為許后葬處，故又稱少陵。

(二) 由於唐朝時詩人杜甫居於陜西杜陵，故自稱:「杜陵布衣少陵野老」，這樣杜陵就是形容隱逸之士也。所以若是「杜陵蔣大鴻」，則應是形容蔣大鴻為一飄逸之士也。絕非是陜西之杜陵蔣大鴻了。

若是「松陵蔣大鴻」，那麼就更為貼切了，因為松陵地方就是古時之華亭也，現今之上海松江區，所以按道理是:

松陵蔣大鴻 —— 正確。

杜陵蔣大鴻 —— 不甚合理，但亦可以。

由於華亭是唐朝所置，歷代均用之，在明末清初時亦一樣，所以蔣大鴻當時所說之華亭，就是現今之上海市以西南一帶，其範圍是北以江蘇之昆山，南以浙江之海鹽，西以浙江之嘉興，東就是上海。所以蔣大鴻就是現今之上海市松江區張澤鎮人士了。(附地圖)

《本篇完》

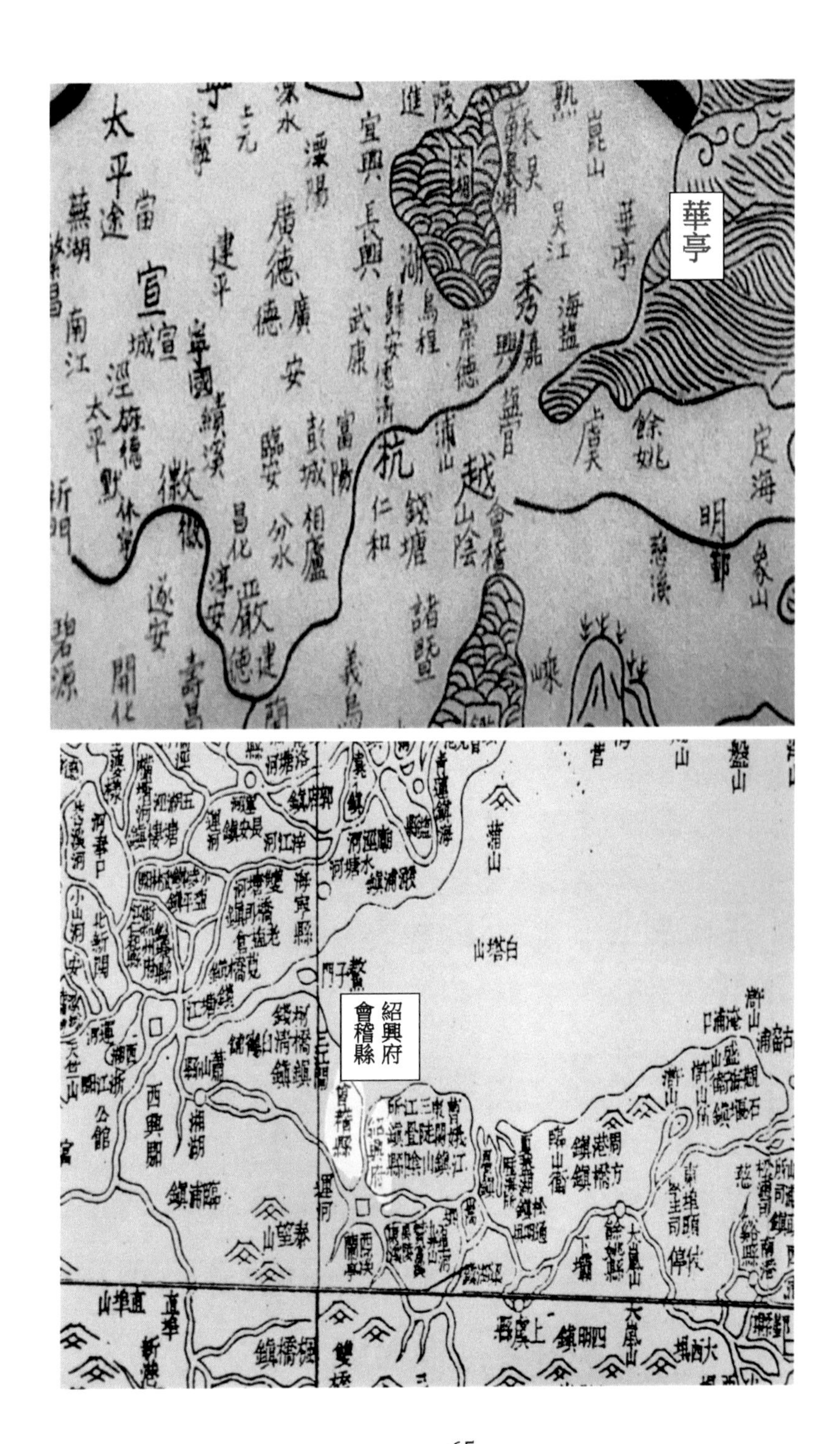
華亭
紹興府
會稽縣

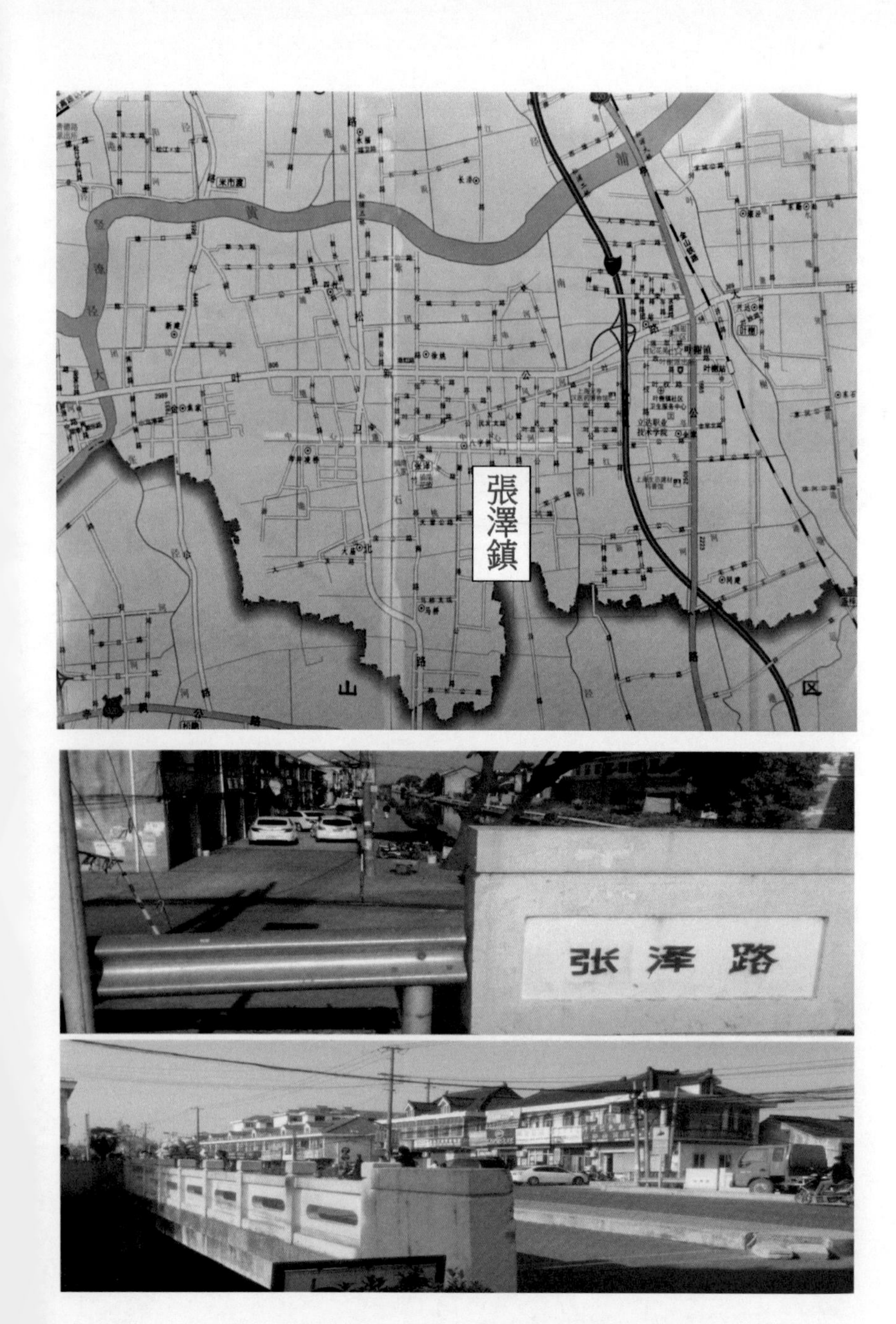

張澤鎮内之張澤路

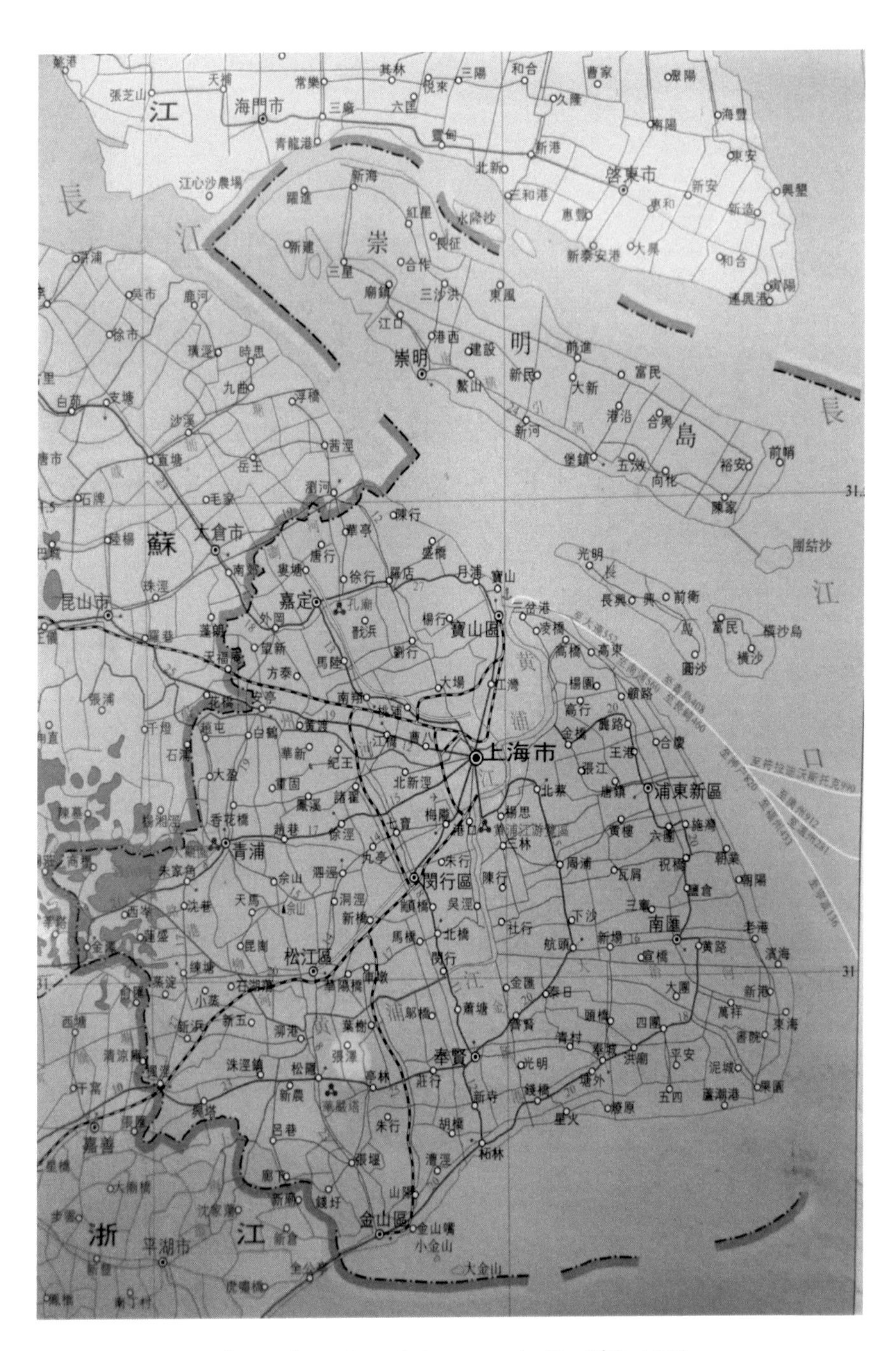

上海市松江區張澤

張澤鎮之中心河 — 張澤港

（六）蔣大鴻出生八字之考証及出生地「華亭 ── 張澤鎮」的歷史

繼大師

在李崇仰重編《蔣氏地理家傳真書歸厚錄》〈玉帝表文〉（翔大圖書公司印行，第廿九頁）〈三 ── 傳道誓章〉內有蔣大鴻的出生日期，云：

「皈依傳道弟子蔣元珂（蔣大鴻）本命萬曆丙辰年十二月廿七日辰時生。拜投 祖師無極大真君法座下。求三元九宮、陰陽二宅、山龍水龍、擇吉真訣。以承先啟後。救世濟貧。所有誓者。剖心瀝血。……」

蔣大鴻出生日期與「黃山書社」出版的《蔣氏地理家傳真書歸厚錄》古籍相同，蔣氏生于明萬曆四十四年丙辰年，農曆十二月廿七日辰時出生于華亭 ── 張澤，陽曆為一六一七年二月二日，筆者繼大師查其日柱為「癸亥」日，其四柱八字是：

丙辰　年
辛丑　月
癸亥　日
丙辰　時

此為蔣大鴻收入室弟子時所撰寫的〈傳道誓章〉表文，內已註明他的本命生辰為「萬曆丙辰年十二月廿七日辰時生」。近代地師鐘氏所著《玄空地理秘中秘》武陵版一三二書號，內第卅頁，在註解〈字字金〉時，說是「萬曆丙辰年十二月廿四日辰時生」與此不同，並謂其八字是：「丁巳年・壬寅月・癸亥日・丙辰時。」

萬曆四十四年農曆丙辰年十二月廿七日，陽曆為一六一七年二月二日，還未到立春，立春時辰為陽曆二月三日，有三個不同的時辰版本，分別為：20:52，21:29，21:38（戌時及亥時），無論任何那一個時辰，立春都在陽曆二月三日晚上，蔣氏的出生日期為四絕日，故仍屬於「丙辰年」「辛丑月」。

蔣大鴻出生於張澤，張澤鎮與葉榭鎮位於上海市西南部松浦大橋南堍，總面積約七十三平方公里，公元前一七四年吳王劉濞在葉榭塘東灘設立鹽倉，然後北運廣陵（今揚州），五代十國時期，有葉、謝二姓兩大戶居此經商，因而得名。

明、萬曆年間，著名書法家董其昌先生助外婆家興建名「葉家水榭」的豪宅，鄉民以此為標誌，改「謝」為「榭」，將鎮改名為「葉榭」。

在上海辭書出版社出版的《葉榭鎮誌》〈大事記〉十一頁云：「**萬曆廿七年（一五九九年）里人潘棟昆季募建忠義廟。廟前立「鄉約所恒產碑」。篆額稱鎮為「張澤」**。

「張澤」歷來有「金張澤」之稱，自唐以來，由村而發展成鎮，在明、嘉靖年間開始興盛，明末蔣大鴻出生之時代稱為「華亭」，張澤鎮與鄰鎮葉榭鎮於二〇〇一年初合併，統稱「葉榭鎮」。歷代人才輩出，出了很多高官及歷史名人，其後蔣大鴻移居紹興若耶蕉風徑，又在丹陽（位於江蘇省鎮江市）編撰《水龍經》，又撰寫《地理辨正注》，所以當時聲名大噪，被各名門望族爭相延聘，求以尋龍點穴及勘察風水，他經常來往蕉風徑及丹陽兩地。

（繼大師註：葉榭鎮隸屬於上海市松江區，位於上海西南的黃浦江中上游地區，葉榭鎮東至千步涇，與奉賢區莊行鎮接壤；南與金山區亭林鎮相連；西至鄉界涇，與泖港鎮交界；北枕黃浦江，是松江的東南門戶。二〇一四年，葉榭鎮總面積約七十二平方公里，其中水域面積約七平方公里，耕地面積六萬畝。截止二〇一七年底，常住人口七萬四千多人。下轄十三個行政村及三個社區。截至二〇一四年，是松江區區域面積最大，戶籍人口最多的一個鎮。）

《本篇完》

（七）蔣大鴻出生年份及壽歲之考據

繼大師

除〈傳道誓章〉表文內說出蔣氏的出生日期外，在蔣大鴻之著作及有關之記載蔣氏之文章中，並沒有提及他的出生及死亡年份，只說他是明未清初之人，他一生飄泊，壯年定居會稽，並遊遍大江南北等地，考據皇陵古墟、古人明師點地造葬墳穴，並訪尋秘本，於了悟後，遂著書立說。

筆者考據他的著作後，得了一些蛛絲馬跡。蔣大鴻於己亥年在會稽之樵風涇著作《天元五歌》，他在〈卷三〉末中寫道：「**杜陵狂客不勝愁。四十無家浪白頭。**」

查己亥年是清、順治十六年，公元一六五九年，這時他正是四十歲，中國人慣用虛齡之歲，即其年齡加一歲。這樣，他應該在明、泰昌元年庚申年出生，即是公元一六二〇年出生。這是由推理所產生之答案。

筆者繼大師剛寫到此文時，適逢師兄鐘卓光先生托其徒兒馬君交付筆者一本由蔣大鴻先師著之秘本，書名：**《華亭蔣氏家傳地學真書》**

全書共有十五卷，與坊間版本稍有不同，其中，前十卷與坊間相同，唯註解有別，但後十一至十五卷，內容與坊間版本有異，其中有：《天驚三訣》、《渾天寶鑑》，（即《天元寶筏》），附《果老星宗》，而此篇〈論七政四餘天星擇日法〉甚為詳盡，而《地理合璧》內之版本與其大義相同，但不及這篇之詳盡及細微。

最後一卷之《歸厚錄》，內有十八篇，其中有六篇據稱是蔣大鴻於康熙廿三年甲子年（公元一六八四年）所補寫。

最特別的一篇是在書中載錄《歸厚錄》前之一篇《玉帝表文》，查坊間蔣大鴻之著作中均未有見載，此表文正是蔣氏的徒兒王錫礽、王永台、蔣翼明（從叔，**蔣氏父親叔伯之子**）、蔣雯嚣（字姬符，**嚣音鶴，潔白肥潤之意，是蔣氏同曾祖弟**）等人之受戒誓章。蔣氏在此《蔣氏家傳歸厚錄》〈天元歌〉之〈傳道誓章內〉載有其本人之出生時辰，其中云：

「傳道誓章 —— 皈依傳道弟子蔣元珂。本命萬歷丙辰年十二月二十七日辰時生。拜投……」

筆者查其出生年份，正是明萬歷四十四年丙辰年，理應是公元一六一六年出生，但查萬年曆，農曆十二月二十七日是公元一六一七年陽曆二月二日，與筆者推算，僅差三年而矣。而蔣元珂之名字，正是蔣大鴻之別名也，換句話說，蔣氏于順治十六年己亥年（公元一六五九年）所著之《天元五歌》，其正確年齡是虛齡四十四歲是也，其中〈卷三〉末云：

「四十無家浪白頭」之語亦甚合情理。其餘補述《天元五歌》之六篇文章，於康熙二十三年甲子年冬（公元一六八四年）完成，是著後二十五年始作補述。

蔣氏於乙酉年順治二年（公元一六四五年）逃亡到福建去，剛是一位虛齡二十九歲之青年人也。這段時期他雖在福建當官，但他常因公事四處外遊。他在《玉函真義》序文中，謂在平原曠野郊外遇見其師父無極真人，然後化十年時間了悟風水真訣，其後遊歷大江南北，考察風水二十多年。

清、順治十四年（公元一六五七年）蔣氏已定居於會稽之樵風涇，其後來往江蘇、浙江等地，並傳授風水學問，並於清、康熙十四年乙卯年（公元一六七五年）作《天元餘義》，並於戊午年（公元一六七八年）拒絕受薦「博學鴻儒」之招攬，於己未年（公元一六七九年）撰寫《蔣氏家傳陽宅得一錄》。

除在蔣氏著作之序文中，間有年份之記載外，其他關於蔣氏晚年之事蹟很少有記錄，只能從他弟子姜垚著之《從師隨筆》中得知一二。而當中所記錄蔣氏之年份事蹟，在清、康熙五十三年甲午年（公元一七一四年）為東關人沈孝子之親人立乾巽向，壽數至少虛齡達九十八歲，證明蔣氏是一位長壽老人，而《華亭縣志列傳》說蔣氏卒於會稽，葬於若耶之樵風涇地方，但未有記載他卒於何年。

民初徐世昌編《晚晴簃詩匯》二百卷，內云：

「大鴻堪輿大家。神解超邁。近百年來形象奉為圭臬。詩宗唐人。才力豐健。猶有幾社遺風。蔣是明遺民。幾社人士。工詩詞。性豪儁。精堪輿之學。留心晚明史事。輯《東林始末》。康熙五十年前後仍在世。各家詞集中多見行跡。」

這裡記載**「蔣大鴻於康熙五十年前後仍在世。」**與姜垚著之《從師隨筆》內地所述**「康熙五十三年甲午年（公元一七一四年）東關人沈孝子之親人立乾巽向。」**完全吻合。

綜合所有有關蔣氏之記載，蔣大鴻是一個長壽老人，最少高達九十八歲之壽齡也。

《本篇完》

（八）蔣大鴻自卜「螺螄吐肉形」葬地

繼大師

蔣大鴻晚年為自己卜葬一穴，地點在紹興 — 若耶 — 樵風溼，林家灣與林家匯之間，名「螺螄吐肉形」，壬山丙向。在公元一九二二年壬戌年冬，有會稽省人，繁章靜，師承咨岳先生，著《蔣大鴻先生墓圖》及解說，由湘醴 — 榮伊泮先生敬刊。咨岳先生即榮錫勳先生，生於一八四五年，著有《地理辨正翼》、《撼龍經疑龍經批注校補》等。相傳為榮毅仁及榮智健之祖先，榮智健是江蘇無錫人，出生於上海，中國企業家，前中華人民共和國副主席榮毅仁之子，榮熙泰家族成員，香港上市公司中信泰富前董事局主席，家族有旗艦隆源企業等生意。

《蔣大鴻先生墓圖》作者繁章靜，隨咨岳先生（榮錫勳）學習風水，咨岳先生生前吋囑他考察蔣大鴻自卜墓地。於公元一九一六年春天，他師父咨岳君的孫子采香及世講，他們自幼承家傳之學，善相風水，與繁章靜談及考察蔣墓之事，並想前往觀看，後因特發事故而取消。於公元一九一七年春天，繁章靜與師父咨岳君的孫子「采香」及各志同道合之人，遊覽大禹皇陵，之後考察蔣大鴻自卜墓地，重新量度其來山、去水、方向，並重繪墓圖，以便後來研究風水之人，欲訪蔣墓者，給予方便。

筆者繼大師現恭錄由繁章靜先生解說《蔣大鴻先生墓圖》之全文如下：

圖在紹興府會稽縣東南。距城約十餘里。石帆山下之林家匯。土名「馬龍頭象形」取義。相傳為「螺螄吐肉形」。係明末遺老江蘇華亭蔣公大鴻先生自營佳城也。

近祖來龍。自駐日嶺起頂。歷經龍潭崗。及作丹崗鷄籠頂出大慶嶺。一路崇山峻嶺。星峰磊落。大頓小伏。形體變換。迢遞數十里。陡起鵝鼻大峰。綿跨諸嵊。會三邑之間。崔巍險阻。兩肩展翅。飛張宛若。鳴鳳朝陽。

此為幹龍。頓宿度關起頂分枝之處。中抽為法華嶺。左翼為朱華山。朱華之龍。北委於平野。若隱若現。伏脈二十餘里而起琶亭諸山。蜿蜒東行。以入於郡城之臥龍山。為城中八山之尊也。

望翠山高聳。於法華嶺之右側。透迤轉磨。層遞剝換。起西化、東化、羊中、大尖諸山。層巒疊巘。高插雲端。別開生面。而西化山雙峰昂鎖對峙。競秀已露。立穴朝向。張本中支法華嶺。龍身微曲盤旋。枝腳橫排蔓延。瓜瓠纍纍。不斷繞裊。

至何山渡後嶺。再起如層波疊浪。橫開沖霄大帳。頂平背圓。是為少祖。秦望山星辰雄豪端嚴。精力擴充。彌滿陟巔瞻仰夭矯。不群大有居中。馭外之勢。前面一線。當中委曲。從心出脈。兩邊帳腳齊送。穿渡覆釜嶺、天柱山、黃堥嶺。星體五換六移。漸升漸高。如登天梯。卓然聳立。

香爐峰頭尖頭濶。山脊五峰排列。微有曲動。形如蠶臥高嶺。而脈從濶處直落。隱隱如帶飛舞。有起伏挫平之勢。無急硬直去之情。所謂高山眠體。平貪直去。如僧參是也。

以此剝盡剛老之氣。至斷續處起白鶴山。尖秀無瑕。正脈繞向陽明洞天。束咽起頂。高聳石帆山。(原註:是山西連大會稽。東帶若耶溪。所爲白水翠巖。互相映發。)

庚峰貪狼開面。照蔭穴場。復從左肩降勢出脈。到頭翻身勒轉。向內臨落。橫列聯珠三峰。如梭如印。剝換武輔兼體。(繼大師註:武曲金星及左輔土星。相兼兩星體。)

至入首處。中垂隱麔。脈出戌方（繼大師註：「戌」方爲西北方，約 292 度至 309 度。）撒落田際。左右有兩源泉涌出。四時澄清如鏡。由是隱跡藏形。中間無復脊脈之起。脫胎化弼。（繼大師註：弼星爲土金或金帶水）面前惟見圓唇。之收龍身後托。紛披支腳。逐條回環。遶至雙溪港口。與隔岸射的。山分出之葛山。交牙鎖織。作為內關。貼身護砂。

審形度勢。迴別眾山。居中立極。扦（遷）作壬山丙向。（繼大師註：若是正線，理應是火天大有 ䷍ 向。）特朝西化。雙峰聳翠。砂明水淨。穴法宛然。內堂元辰水瀠洄。環抱真氣。含蓄不漏。轉從辰方小橋流出。（繼大師註：辰方爲東南方，約 113 度至 119 度。）會通耶溪之水。即正幹右肩。纏龍水源所從出也。

復屈曲流至雙溪港。會上竈溪。（繼大師註：竈，灶字之繁體字。）水聯合向丑方。悠悠揚揚。之玄曲折而去。凝眸四顧。山環水繞。局緊氣寬。上收清虛。天氣洵成。神仙奧窟焉。

丁巳夏間。（公元一九一七年夏天）靜（繁章靜）承先師 咨岳先生（縈錫勳）之命。採訪蔣墓。曾經察看山巒。繪圖郵呈。惟當時於四周之羅城。暨山水之原委。未盡詳載。先師文孫「采香」「世講」。

（繼大師註：「文孫」指周文王之孫。《孔傳》云：「文子文孫。文王之子孫。」後用作對他人之孫的美稱。）

幼承家學。善相風水。適去冬（公元一九一六年冬天）應聘來杭。晤後談及蔣墓。即欲往觀。究竟因事終止。今歲暮春（公元一九一七年春天）乃偕「采香」與同志諸君。遊覽禹陵。復訪蔣墓。用特較準來山、去水、方向。重繪是圖。以便後此欲訪蔣墓者。知所循途焉。

民國十一年歲次壬戌暮春會稽省繁章靜識（公元一九二二年）

《本篇完》

蔣大鴻先生墓圖

在紹興若耶樵風涇林家灣與林家匯間之蔣大鴻先師自卜佳城，為螺螄吐肉形。墓圖為繁章靜先生在公元一九二二年壬戌年所繪。

（九）蔣大鴻生平之時代背景

繼大師

蔣大鴻先師於明萬曆四十四年丙辰年（公元一六一七年陽曆二月二日）出生，正值國家政局動盪時期。一六二四年，荷蘭人侵據台灣，一六二八年陝西大饑荒，民怨四起，公元一六三〇年，明末大將袁崇煥被誣殺，一六三五年李自成與張獻忠聯合發起戰事，一六三八年清兵進發山海關。

公元一六四四年至四五年間，是蔣大鴻一生之轉捩點，這兩年，明朝國家發生劇變，李自成稱帝於西安，國號大順，率兵攻陷北京，明思宗崇禎自縊死，明朝接近滅亡。張獻忠據成都，號大西國王，清攝政王與世祖遷都北京，不久李自成敗亡，清廷下令全國男丁薙髮，江南一帶戰事迭起。

一六四五年，南明餘臣史可發堅守孤城揚州對抗，清兵傷亡慘重，血戰十天後，由於清軍傷亡慘重，屍横遍野，清軍死攻揚州，踩着戰死清兵屍骸攻破城池。清軍懷恨在心，入城後報復，瘋狂大肆屠殺揚州軍民，持續十日十夜，全城無一人生還。八十多萬軍民被殺，但卻沒有一人投降。一女子自殺前在牆上寫道：

「寄語行人休掩鼻。活人不及死人香。」

揚州東南為江陰市，他們一致抗敵，與廿多萬清兵血戰八十一日，殺死清朝三個王爺，十八個將軍，七萬五千名清兵，引致清兵入城後瘋狂屠殺人民十七萬二千多名人民，沒有一人投降，是世紀大災難也。

而揚州南面之嘉定城人民仿效揚州人民同反抗清兵及清朝之剃髮令，與清兵大戰三日三夜，清兵先後三次屠城，嘉定城破後，數千人投河自盡，清兵入城後，見人就殺，兒童也未能幸免。歷史上稱為：「**揚州十日。嘉定三屠。**」戰鬥持續有四十多天。

而當時蔣大鴻正在華亭（今上海市松江區），是位於嘉定鄰近城鎮，於是蔣大鴻於此年（**一六四五年乙酉年**）逃亡到南明之福建地方去，時年廿九歲虛齡，是年明安宗朱由崧被斬。由於蔣大鴻精通兵法，所以被南明唐皇授以兵部司務職位，這時國家正分列為一大一小之國，而南明在福建及臺灣之局勢甚不穩定，清兵隨時南下攻城。

不久蔣氏晉升至御史一職，雖與鄭成功之父親鄭芝龍不合，從他的處事行徑中，表示他除愛國家外，亦很有正義感。在《華亭縣志列傳》記載說：

「閩破。服黃冠亡命。假青鳥術遊齊魯。轉徙吳越。樂會稽山水。遂止焉。」

這處並沒有記載他何時離開福建，查回歷史，清軍於順治十六年己亥年（公元一六五九年）已占領福建大部份地區。

蔣大鴻又在《玉函真義》之序文中，說自己於丁酉年（公元一六五七年）與四十餘人遊歷紹興市之禹陵。這說明在此年之前，蔣氏已逃離福建。

蔣氏在福建被唐王朱聿鍵（金粵）受以兵部司務之職位，丙戌年（公元一六四六年）他常因公事而到各處去。在蔣氏著之《傳家陽宅得一錄》序文內中，他自言：

「夫陽基之旨較陰地更元而應運。余研求數年未得其要。丙戌歲（公元一六四六年）以王事入閩。迂道武夷。偶遇家道人始得其奧。後奔走南杜未遑成帙。」

這年，蔣氏遇見自己的有道師父，然後始明白陽宅之奧妙道理。而《華亭縣列傳》說蔣氏作道士打扮逃離福建，並以風水之術遊歷大江南北。因曾為南明之高官，作道士打扮逃亡，可掩人耳目，以自保性命也。康熙元年（公元一六六二年）鄭成功卒，其子鄭經嗣仍據守臺灣，明朝還未完全滅亡。這個時期，蔣氏剛完成他遊歷大江南北一半之生涯。

康熙十二年（公元一六七三年）清朝削吳三桂爵，三藩（尚可喜、吳三桂、耿精忠）起亂，直至康熙二十年（公元一六八一年）清始將三藩之亂平定。

蔣氏於公元一六五〇年庚寅年，及公元一六五七年丁酉年至一六五八年戊戌年，先後多次到各地遊歷，並考察古墟名墓，十六年後（公元一六七五年），他自覺於己亥年（公元一六五九年）所作之《天元五歌》未能詳盡，乃再著《天元餘義》補其不足。這証明他在遊歷考察後，再將從書本上及師父傳下之口訣，一同再互相引證，這就是他在辨偽文中自言：

「從此益精求之又十年。而始窮其變。而我年則老矣。」

蔣氏約於一六八〇年至一六九〇年間，其生平學風水地理之志願始畢。時年六十三至七十三歲。

這個時期，在康熙二十二年（公元一六八三年），鄭成功之孫鄭克塽投降，清兵攻佔臺灣，清朝統一整個中國，明朝全部滅亡，完全已改朝換代。

蔣大鴻之晚年已是清初之時了，他經歷了大時代之變化，目睹兵荒馬亂景像，臨死前還念念不忘他年少時學習風水及在幾社讀書人社團中之往事。

（繼大師註：崇禎元年，一六二八年戊辰年，張溥、孫淳等聯合幾社、聞社、南社等結成復社。）

他想起很多社團中人的老師、同學、朋友都被清兵所殺，每每感慨激動，借酒消愁，且痛哭流涕，他愛國之心還在，在傍之人聽見皆很同情及可憐他過往的遭遇。在《紹興府志》內云：

「好談幾社軼事。感慨跌蕩。滾滾不能休。酒闌燭灺。涕淚隨之。聞者服其才而哀其志焉。」

無論如何，明、清之轉變，影響蔣大鴻一生之遭遇極大，正是生不逢時也。

（繼大師註：「酒闌燭灺」，灺音捨，即酒筵將盡，燈燭將熄，描寫酒筵後，人們散去的情景。出自《桃花扇》清孔尚任。在《陳子龍詩集》末之《附錄》，有《杜登春社事本末》第七三六至七三七頁云：

「乙酉、丙戌、丁亥三年內。諸君子之各其身殉國者。節義凜然。皆複社、幾社之領袖也。……人。皆入海死於兵。一時諸君子。慷慨就義。視死如歸。就複社、幾社中追數之。已若干人。此孤忠殉義。死不傳者。不知凡幾。…… 更若陸麗京之賣藥。蔣馭閎之黃冠……」蔣馭閎即蔣大鴻也。

《杜登春社事本末》為杜九高先生，名登春，青浦人，所著之《社事本末》。）

《本篇完》

（十）蔣大鴻家族歷史

繼大師

蔣大鴻是華亭人，華亭、雲間皆是松江的古稱，是同地異名，今在上海松江區張澤鎮。蔣氏的祖輩，在明清時代均為雲間望族。據二〇一三年十一月由上海三聯書店出版，徐俠著《清代松江府文學世家述考》，有雲間蔣平階家族祖上的記載。筆者繼大師錄之如下：

蔣大鴻祖上之六世祖 ── 蔣貴，居吳縣洞庭包山之後堡，事母以孝聞，明正德年間，徙家華亭縣張澤，為張澤始祖。

蔣大鴻高祖 ── 蔣鋆，字懷峰，諸生，以華亭貫入松江府學。

蔣大鴻曾祖 ── 蔣應奎，字星聚，松江府學生。

在《揚州府志四》〈第三十七卷〉〈仕績二八〉明（下），有介紹蔣大鴻曾祖父蔣應奎先生的生平。筆者繼大師錄之如下：

蔣應奎。字文煥。先世江都人，以永樂初戍大同，遂家大同。嘉靖五年進士。授工部主事。分司呂梁。升郎中。改營繕司。董九廟、慈慶、慈寧諸大工。告成。賜銀幣。升太僕少卿。

久之。升應天府尹。鎮田萬畝荒弗治。稅悉徵之里人。應奎親往勘。為出金築堤。召民開墾成腴田。以免困累。升右副都御史。巡撫遼東。請發內帑築邊牆二百餘里。僅四月工竣。省費萬計。升兵部右侍郎。協理京營戎政。致仕歸江都。行李蕭然。性嗜學。手不釋卷。語天下事歷歷如指掌。清修鯁介。其天性也。〈揚州府志錄雍正志〉

蔣大鴻祖父 — 蔣日華，萬曆年間貢生，官安溪知縣。（繼大師註：因官至安溪知縣，故名蔣安溪，是教授蔣大鴻風水巒頭工夫的啟蒙師父。）

蔣大鴻父親 — 蔣爾醇。

蔣大鴻從父 — 蔣爾揚，官至道州知州。

蔣大鴻叔父蔣爾揚，其生平事蹟，錄於一九九九年己卯年陽曆九月，由張澤誌編纂委員會重新編輯《張澤誌》，並由上海學林出版社出版，內第四十四章〈人物傳奇〉第五四九頁內，筆者繼大師錄之如下：

蔣爾揚。字抑之。號方虞。居鎮。父日華。萬曆間歲貢。官福建安溪知縣。有古循吏風。爾揚用上海籍中萬曆四十三年舉人。崇禎七年會試副榜。官湖廣道州知州（明制會試副榜以知縣用。此當由知縣擢知州，俟考。）**秉性光明。不交閹寺道州。鄰近苗疆。力遏寇盜。去官後。民感其恩。立祠祀之。猶子鬵。字姬符。諸生。篤于孝友。優遊林泉。與王光承、吳騏善。以詩酒相唱酬。**（繼大師註：蔣大鴻叔父蔣爾揚的另一位猶子雯鬵，字姬符，鬵音鶴，潔白肥潤之意，即是蔣氏的唐兄弟，同一曾祖父——「蔣應奎」，亦拜蔣大鴻爲風水師父。）

蔣大鴻長子，蔣守大，字曾策、曾生。

蔣大鴻次子，蔣無逸，字左生、左箴，精於書畫，卒於廣東。

蔣大鴻女兒，蔣倚瑟。

蔣氏後代子孫，除在紹興之外，更遍佈廣東一帶。

蔣氏次子蔣無逸，精於書畫，其出生地有松江畫派，又稱「雲間畫派」，簡稱「松江派」，是中國畫流派之一。晚明松江府治（今屬上海市）有三個山水畫派。

一是以趙左為首的，稱「蘇松畫派」。

二是以沈士充為首的，稱「雲間畫派」。

三是以顧正誼及其子侄輩稱「華亭畫派」。

其中「蘇松派」和「雲間派」都導源於宋旭，趙左和宋懋晉同師宋旭，沈士充師宋懋晉，兼師趙左。這些畫家，除宋陽外，都是松江府人，風格互有影響，故總稱：「松江派」。

其時董其昌（一五五五至一六三六年）為書畫的代表，為一派之宗，與陳繼儒（一五五八年至一六三九年）並稱於世。

蔣大鴻祖上大部份是讀書人，兼有名望，且有官職，功績超卓，且顯赫一時。

《本篇完》

（十一）蔣大鴻與陳夏諸名士

繼大師

在《華亭縣志列傳》內有述說蔣大鴻先師之簡略生平，其中有云：

「崇禎間在幾社有聲……平階少從陳子龍遊……晚益精堪輿……好談幾社軼事。感慨跌蕩。涕淚隨之。聞者哀其志焉。」

在清、乾隆丁亥年（一七六七年）由程穆衡在《秘傳水龍經》序，其中有云：

「大鴻與雲間陳夏諸名士遊最善。於書無所不窺。孤虛遯甲占陣候氣。下至翹關擊刺皆精究之。」

在明、崇禎年間，朝廷有兩大黨派互相對立，其中一派以魏忠賢為首，另一派是東林人士黨派，東林一黨其背後有兩大文學團體為後台，亦是政治團體，是出名文人所組成之社團，其中「復社」以張溥、張采為首，而「幾社」以夏允彝、徐孚遠、周立勳等人為首，後於崇禎十四年（一六四一年）復社主將張溥卒後，陳子龍名士實際上是兩社所共戴之領袖。當時稱文章者，必稱兩社；稱兩社者，必稱為雲間；稱雲間者，必首推陳、夏二人，即陳子龍及夏允彝先生是也。

蔣大鴻先師年幼時已加入幾社之文人團體，十八歲時，師從陳子龍，與夏允彝一群學者來往，從中在文學上得益不少，且漸有聲名，而成雲間詞派。在陳子龍詩集中由馬祖熙於一九八二年寫之序文中有云：

「當明代詞學衰微之際，他（指陳子龍）**和李雯、宋徵璧、蔣平階等幾社名士皆致力為詞，形成雲間詞派，開清代三百年詞學中興之盛。」**

由於雲間之名字在明末清初時是指華亭，而華亭即今之上海松江縣，陳子龍及夏允彝名士與蔣大鴻先師是同鄉，蔣氏常隨陳氏一起，而當時幾社及復社之文人團體多在雲間（華亭）相聚，故形成雲間詞派。在《地理合璧》正卷之一《青囊經》前有註明：

「雲間蔣氏平階補傳」等字句。可見**「雲間」**一詞在當時文人之地位上是極備受尊重的。

由於當時政治動盪，清軍南下攻打江南，政府無力還擊，在軍事上亦有失利，江南人民齊來抵抗，陳子龍與復社、幾社之同志及患難師友齊來抗清復明。在歷史上之少數民族入主中原來說，並不止一次，而明末慷慨就義犧牲的人特多，這不能不與東林、復社、幾社的文人政治團體之節氣有關。

當時，在乙酉年（一六四五年）若蔣大鴻先師不逃離江南而到閩，恐怕性命不保矣，而蔣氏是幾社社員，亦是反清復明之士，難怪蔣氏在晚年臨死前亦不能忘懷幾社之軼事，一提起往事，便感慨流淚，聽者皆哀傷也。

在陳子龍詩集首頁之序文中，有記載他本人的生平，茲節錄如下：

「陳子龍，字臥子，一字懋中，又字人中，號軼符。松江府華亭縣（今上海市松江縣）人。晚年自號大樽，易姓李。別號穎川明逸，於陵孟公。曾以出家為掩護，法名信衷。生於明萬曆三十六年（一六〇八年）六月初一日。崇禎十年丁丑進士，初仕紹興推官，擢兵科給事中。甲申六月，事福王於南都，連上疏，為權奸為嫉，乞終養去。南都淪亡，積極參與抗清復明活動。最後以聯絡吳勝兆等謀結兵太湖舉事，事敗被俘，抗志不屈，在被械送途中赴水殉國，表現了壯烈的民族氣節，時為明永曆元年（清順治四年，一六四七年）五月十三日。」

陳子龍除與蔣大鴻先師是師徒關係（文學老師）外，亦與蔣氏之叔蔣爾揚先生有深交。在松江府志中說，蔣爾揚，字抑之，是明、萬曆四十三年（公元一六一五乙卯年）之舉人，在江蘇省常熟縣任「教諭」一職，後升道州「知州」之職，即今湖南省道縣，相當於現時州長職位

在〈**華亭縣志列傳**〉云：「**蔣平階，字大鴻，居張澤，爾揚猶子……**」

「爾揚猶子」指蔣大鴻是蔣抑之（蔣爾揚）的姪兒。陳子龍名士曾作一詩送給蔣抑之，茲錄如下：

「**送蔣抑之年丈之官道州：明河宛轉正秋期，南去零陵**（漢名，今湖南道縣。）**五馬遲。地接蠻江百草秀，天分瘴嶺九峰疑。**（九峯指松江境內九座名山：鳳皇山、厙公山、神山、佘山、薛山、機山、橫雲山、天馬山、小昆山。）**畫船夜渡湘妃浦，露冕春遊虞帝祠。最是循良羞獻納，侏儒滿野樂清時。**」

陳子龍是幾社及復社之首領，皆因陳氏文章才華出眾，有愛國心，堅決抗清鬥爭到底，他在報夏考功書中，以血淚斑斑的詞句，向殉節亡友苦吐自己的報國心願，他寫下了大量氣壯山河的詩篇，是文學中的曠世奇才，因此，當時幾社是名滿天下的。

蔣大鴻先師是幾社社員，常隨陳氏遊歷，而入社者多為師生子弟，最盛時達百人，以會文為主，集合民間一定之勢力而抗清。明亡時，陳、夏諸士抗清事敗被殺後，幾社要員徐孚遠逃到臺灣，成立海外幾社，直至約一六八三年，大清統一全國為止，幾社始完全瓦解。

蔣大鴻先師因幾、復二社抗清失敗而南逃福建作唐王御史，由於鄭芝龍掌握兵權，他是海盜出身，政見與蔣氏自然不合，只好棄官扮作道士以掩人耳目，遨遊大江南北，繼續鑽研風水。若蔣氏不棄官，恐怕清兵南下時，必凶多吉少也。

在《杜登春社事本末》中有云：「乙酉、丙戌、丁亥，三年內，諸君子之各以其身殉國者，節義凜然，皆復社、幾社之領袖也。……一時諸君子，慷慨就義，視死如歸，就復社、幾社中追數之，已若干人；此外孤忠殉義，死而不傳者，不知凡幾。他如徐闇公先生以舟為家，……更若陸麗京之賣藥、蔣馭閎（即蔣大鴻先師）之黃冠、歸玄恭、張洮候之酒狂、……朱雲子之詩癖、王玠石、名世兄弟之躬耕海上、侯秬園……之混跡寰中、……予師陸亮中、予叔徠西公，皆兩社翹楚，終身高隱。由今思之，諸君子貴賤異等，死生異路，而名節自持，百身一致，使非平生文章道義，互相切劘，安得大節盟心，不約而同如此哉！」

當時清兵南下攻打江南，兩社抗清義士大多犧牲，不死的，除了蔣氏作道士打扮外，有些詐作酒徒，有些混作漁夫，有些作賣藥之人，更有混跡世間或歸隱山林，以保性命。

由陳子龍弟子王勝時澐所續撰之〈**陳子龍年譜**〉〈**卷下**〉順治四年丁亥有記錄如下：

「案丁亥之變，同時被難者，自張子服寬而外，同郡殷中翰之輅……聞變赴文廟自經死者，夏考功兄文學之旭也。先逃得免者，門人蔣文學平階也。」

原來在抗清兩社眾多陳子龍弟子門生中，就只有蔣大鴻先師一人倖免於難矣，他在乙酉年（一六四五年）逃，丁亥年（一六四七年）之變，僅差兩年而矣。

在陳子龍死後一百廿九年，乾隆四十一年（一七七六年）賜名諱為「**忠裕**」，以示他的忠烈。在《**欽定勝朝殉節諸臣錄**》之御製詩云：

「陳子龍學問淹通。猷為練達。貞心可諒。大節無虧。今謚忠裕。」

至於陳、夏諸士之夏允彝先生，其生平如下：

「夏允彝，明、松江華亭人。字彝仲。崇禎十年進士。博學善文，與同邑陳子龍、徐孚遠等結幾社，與復社東林相應。清兵入南京後，允彝投水自殺。（時一六四六年）死後二年，其子完淳，十四歲隨其師陳子龍在松江起兵抗清。失敗後，又參太湖吳易軍事。易敗，被俘，英勇就義。」

在一班東林、復社及幾社之文人義士中，相信除了蔣大鴻先師外，大部份人已犧牲了，若蔣氏不逃到閩，恐怕風水學問不能經他手中而大放異彩了。

無論如何，東林復、幾二社文士，都是蔣氏深交之亦師亦友，試問痛失深交師友，何等悲傷呢！這使蔣氏在臨終時還念念不忘昔日之情懷了。

《本篇完》

（十二）蔣大鴻詩詞合集《支機集》

繼大師

《支機集》並非蔣氏所著的風水書籍，而是經歷了亡國痛苦之後，對明末的一種情懷，透過詩詞歌賦，發洩內心的不滿和憂鬱。蔣大鴻及其門生周積賢、沈億年三人所作的詩詞合集，人各一卷。

蔣氏約在公元一六四六年至一六五〇年間，逃離明末唐王所管轄之福建，藉借道士地師之名義，週遊江南各地，聯絡義士，招兵買馬，繼續抗清，但都沒有成功。明亡後，寓居嘉興市，教授風水，與弟子周積賢、沈億年唱和之作，由沈億年編簒。

蔣氏在清順治九年（公元一六五二年，時虛齡卅六歲。）作序。其詞多為小令，題材狹窄，不涉及現實大事。間中有寫亡國之情，如《臨江仙》，詞以杜鵑自況，啼血悲鳴，可見深對明朝時代的愛國情懷。

周積賢字壽王，華亭人。約生於一六二三年，比蔣氏年齡少六歲，年僅三十而卒，令蔣氏悲傷不已，今後飲酒唱和詩詞，少了一位弟子朋友。周氏其中所作〈望江南〉如下：

「遙想憶。殘淚濕輕紗。斜倚畫樓簾半卷。東風微雨落楊花。腸斷七香車。」

《支機集》由沈億年編訂，後得以流傳後世，是蔣氏於風水以外之文學書籍。

民國初徐世昌編《晚晴簃詩匯》二百卷，內云：

「大鴻堪輿大家。神解超邁。近百年來形象奉為圭臬。詩宗唐人。才力豐健。猶有幾社遺風。蔣是明遺民。幾社人士。工詩詞。性豪雋。精堪輿之學。留心晚明史事。輯《東林始末》。康熙五十年前後仍在世。各家詞集中多見行跡。」

原來蔣大鴻除了精於風水之外，其文學修養頗高，他寫詩詞歌賦以唐代詩人為宗，影響清初及以後的文學發展。蔣平階與周積賢（字壽壬，華亭人）、沈億年（字函祈，嘉興人）以及其子蔣無逸（字右箴）等多人詞作之合集合為《支機集》，沈億年在此集《凡例》中的一段話。乃雲間詞派理論的一方代表。

《本篇完》

（十三）蔣大鴻考察風水名墓、帝蹟皇陵之地域範圍考據

繼大師

蔣大鴻生長在華亭（今上海市松江區之張澤），其生長的地方，大部份一帶是平洋水龍。他年少時隨祖父蔣安溪先生習堪輿，二十多歲時，先後三次誤葬母親於非吉穴之地上，卅歲後於平原曠野中遇上他的師父無極子，傳他《玉函真秘》，於是明白山龍及水龍之穴法。他所到的地域，應是本鄉之華亭一帶地方為先。後於虛齡廿九歲逃到福建，而福建之山形是山崗龍法，換句話說，他既精於水龍，又能精於山龍。

蔣氏又於虛齡四十一歲（丁酉年公元一六五七年）後，他開始到處遊歷考察風水，他在《平砂玉尺辨偽總論》中自言：

「既得先賢之秘要。又嘗近自三吳兩浙。遠之齊魯豫章八閩墟。縱觀近代名家墓宅。以及先世帝王聖賢陵墓古蹟。考其離合。」

蔣氏自無極子之真傳後，為了引證自己的學術，除博覽古今堪輿經典外，還將認為是「合理的」或「不合理的」一分類，辨其真偽，將自己之所得，引證古人造葬之王陵，古墓，古墳及名家所點造之穴地，先後到過福建、淅江、江蘇、安徽、江西、河南、河北、山東等地，考據其興盛及退敗之原因。

蔣氏考證古人名家之陰陽造地，其首要條件除得風水真訣外，他一定要熟讀中國歷史，由考證古人明師遷葬造地，其所蔭生之人，大部份均與歷史有息息相關之處，影響中國國運。而每逢建國開都，其皇帝必得精於陰陽風水五術之軍師或國師相輔，亦有得道高僧或真人當之，以助國家。例如：

唐太宗李世民 —— 有李淳風及袁天罡作欽天監

宋太祖趙匡胤 —— 張子微為國師

元太祖鐵木真及元太宗窩闊台 —— 耶律楚材作軍師

明太祖朱元璋 —— 劉百溫作軍師

蔣氏於丁酉年（公元一六五七年）與門人周積賢等眾共四十餘人，到紹興宛委山之禹陵廟考據。他登上窆（音鞭）石，遙指大禹所葬之處，同行眾人之中，只有呂相烈拍掌讚嘆。而「窆石」之處，現已建有一亭名「窆石亭」，它建於禹廟大殿東邊，「窆石」約有六呎高，頂端有一個碗那麼大的洞，相傳這塊「窆石」是大禹下葬時引棺槨入穴用的工具，古時多以引棺下隧之用，歷代均有刻字在「窆石」上。

禹陵廟之所以建在宛委山，是因為在傳說中，夏禹登宛委山，得金簡玉字之書，大禹死後便葬於此地，離會稽縣（紹興）東南十五里，又名玉笥山也。

清《南巡盛典・大禹陵》

▲大禹像

蔣大鴻在《天元五歌》之序文中說其母親之墓穴未卜，所以在浙江一帶遊歷，望能點一穴給母親，於是遊於越諸山，有：

（一）金庭 — 在越州剡縣周迴三百里，剡（音嚴）縣是漢朝所置，屬會稽郡；唐武德四年改置嵊（音剩）州及剡城縣，八年復名剡縣，五代改為贍縣。宋宣和八年改名嵊縣，故城在今浙江嵊縣西南。今稱嵊州市。

（二）天姥 — 即天姥山，在嵊縣之附近，即浙江嵊縣市與新昌縣之間。

（三）四明 — 山名，在浙江寧波市西南，天台山發脈而綿於奉化、慈谿、餘姚、上虞、嵊縣諸縣境。相傳群峰之間，上有方石，四面如窗，中通日月星辰之光，因此名「四明山」。

（四）若邪 — 又稱若耶，有若耶山，山下有若耶溪，今在紹興城南二十餘里處，是平水江支流之一。據傳西施曾在此採蓮，歐冶子在此鑄劍；若耶溪風景美麗，歷代詩人如李白、王安石、蘇軾、陸遊等，都曾前往遊覽，並留下許多優美詩篇。

蔣氏並言：**「以故西、戌後歲必適越。三浙以東。虞江以西。足跡幾遍。」**

他在丁酉、戊戌年（公元一六五七至五八年）遊於浙江省北部地區，西至杭州市，東至寧波市，南至新昌及東陽市一帶，北以杭州灣海岸。浙江省地勢西南、東北低，山勢由西南向東北傾斜，全省丘陵山地約佔七成。素稱「七山二水一分田」，其餘地區山嶺綿延，丘陵廣佈，大小盆地在其間。

其主要山脈自西向東，有：天目山、千里崗山、龍門山、仙霞嶺、會稽山、大盤山、天台山、四明山、洞宮山、雁蕩山、括蒼山等。所有山脈均由西南向東北走，而龍泉市之黃茅尖為祖山，其高度達一九二九米，為全省最高之峰。

蔣大鴻於遊歷大江南後，發覺浙江會稽郡山明水秀，風水極佳，於是定居於會稽之樵風涇地方中，一方面傳授風水，一方面作為落腳地，可作短途或長途之風水考察。蔣氏又言：「**坐嘯曲阿。**」（曲阿即丹陽）

蔣大鴻曾於清、康熙二年癸卯年（公元一六六三年）在江蘇丹陽逗留數日（丹陽市爲中國江蘇省下轄縣級市，現由鎮江市代管。）完成撰寫《天元餘義》一書。在此之前，公元一六六〇年至一六六二年，他又在丹陽之水精庵完成撰寫《秘傳水龍經五卷》。故此蔣氏常居於丹陽市。

丹陽市約在南京市以東七十公里，是平洋地勢，而南京市至鎮江市是丘陵地區，水龍及山龍均有。但是，全個江蘇省大部份是平洋水鄉之地，古稱江南，文人聚居之地，全境水網密佈，有古運河，可通往北京城，有「水鄉國」之稱。

蔣氏常居丹陽，或許因為是水鄉都市，在研究水龍穴法上最為適合，弟子中之張考廉是丹陽人，另外離丹陽以北約二十公里丹徒，其弟子駱考廉正是丹徒人也，或許蔣氏因弟子住丹陽而常往作短暫居住亦未嘗不可也。

蔣氏之風水師父無極子是丹陽人，與丹徒同屬會稽郡，丹徒在丹陽市以北二十多公里，兩地非常接近，秦稱「雲陽」。在唐 － 楊筠松先師所撰寫之《疑龍經》最後一段有云：

「京國丹徒之後山（即候山）**。常有雲氣在其間。曲阿之中有正穴。卻被劉侯斬一關。斬關之穴始於此。祇得二世生龍顏。後來子孫即凋喪。蓋為正穴尋真難。孔恭以為不鑿壞。可以十世王無慚。我今覆此舊墳壠。乃知垣局多回環。」**

此段經文在清、乾隆皇所欽定《四庫全書》〈子部七〉，其中之《疑龍經》內皆沒有此段之記載，或許此段犯了朝廷之大忌吧！

丹徒在春秋時名「朱方」，秦時言其地有王氣，故云：「**常有雲氣在其間。**」當秦始皇知道此丹徒之後山有出皇帝之大地吉穴後，即命刑徒（卽犯人）三千人開鑿京峴山為長坑，以此破壞出天子之靈穴，因刑徒穿著紅色衣服，所以改此地名「丹徒」，古又稱「曲阿」。

在南史中有記載宋武帝之祖先墓在丹徒之候山，有善占墓穴之地師孔恭先生與宋武帝曾經到過此穴，武帝問孔恭此穴如何，孔答曰：「**非比尋常之地也**」。而武帝更為自負。

宋武帝名劉裕（公元三五六至四二二年）南朝皇帝，並非北宋或南宋人也。楊筠松先師生於南唐唐武宗辛酉年（公元八三四至九〇三年），公元八七五至八八〇年間任國師，官至金紫光祿大夫，掌管靈臺地理一職，他撰寫《疑龍經》之前，曾經覆驗宋武帝之祖墳。發覺穴附近之山，全圍繞而環抱穴場，故曰：「**乃知垣局多回環。**」

劉裕是彭城人，今江蘇銅縣徐州市，西楚霸王項羽曾建都於此。劉裕字德輿，小名寄奴，幼年家貧，後為東晉北府兵將領，並參與鎮壓孫恩、盧循等農民起義，又擊敗桓玄，封晉公，又清除四川地方的割據勢力，統一江南，曾兩次北伐，滅南燕後秦。元熙二年（公元四二〇年庚申歲）廢晉帝，建立宋王朝，與北方崛起的北魏，形成南北對峙局面。

宋武帝自永初元年建國稱帝，至昇平三年，經歷四世八帝共六十年皇朝，而國遂亡。以三十年為一世，劉宋享國六十年，故楊公曰：「**祇得二世生龍顏。後來子孫即凋喪。**」

若然秦始皇不把京峴山開鑿成長坑而破壞此王穴，則劉宋皇朝可享國運達三百多年，而中國歷史便改寫了，而三百年即十世也，故楊公曰：「**孔恭以為不鑿壞。可以十世王無慚。**」

蔣大先師得無極子之傳，以楊、曾為宗，深研地理辨正內諸經，又常居於丹陽自稱在「水精庵」之地註解《水龍經五卷》。故此不排除蔣氏曾到丹徒之侯山去堪察劉宋皇朝祖墳之可能。

蔣氏於遊歷大江南北之後，他認為會稽一帶之風水極佳，於是在會稽之樵風涇定居下來。

會稽郡是浙江會稽山脈由南向北行之盡處，會稽山古名防山，亦曰棟山、茅山、衡山。按《**史記**》〈**夏本記**〉所說：「**大禹會諸侯於江南。計功而崩。因葬焉。命曰會稽。**」

會稽山本名苗山。大禹上苗山大會，因而更名苗山曰會稽山。今浙江省紹興縣東南，其脈自仙霞嶺大盆山東北分支而出，北行迤邐曹娥、浦陽三江之間而起頂於此，春秋越王勾踐為吳所敗，以甲楯（楯音筍或盾，同盾，古代運載棺木的車。）五千棲於會稽，今山上有越王城，即勾踐所棲處。

會稽是春秋時代之名稱，是越國首都，南宋建炎四年（公元一一三〇年），趙構以「紹祚中興」之義改稱「紹興」。一九八二年定為紹興市，管轄五縣一區，即紹興市，上虞市、諸暨市、嵊州市、新昌等五縣，共稱紹興一區。

紹興是中國歷史文化名城，江南著名水鄉城市，位於寧紹平原西部，錢塘江下游南岸越城區，地處會稽山北麓，面積有一〇一平方公里，人口三十萬，是現時市、縣、區政府駐地。而會稽郡是隋朝所置，明、清時皆與山陰縣同為浙江省紹興府所治，民國廢府，改併二縣為紹興縣。

蔣氏所定居之樵風涇，其名稱之來歷在《**後漢書**》之〈**鄭弘傳**〉有記載，謂：

「射的山南有白鶴山。此鶴為仙人取箭。漢太尉郊鄭弘嘗采薪。得一遺箭。傾有人覓。弘還之。問何所欲。弘識其神人也。曰：常串若邪溪（又卽若耶溪）載薪為難。願旦南風。暮北風。後果然。」

由鄭弘在若邪溪求得神人賜予早上有南風，黃昏有北風後，所以若邪溪之風稱鄭公風，也稱「樵風」，並命名其地為**「樵風涇」**，因為樵風是指順風之意也。

而若耶有若耶山，山下即是若耶溪（若邪溪），現今在紹興城南二十餘里處，是平水江支流之一。據傳「西施」曾在此採蓮，歐治子在此鑄劍。若耶溪風景美麗，歷代詩人如李白、王安石、蘇軾、陸遊等，都曾前往遊覽，並留下許多優美詩篇。

蔣大鴻先師在臨死前，囑咐門人把他葬在自卜的吉穴上，在若耶之樵風涇林家灣與林家匯處，是「螺螄吐肉形」，相信必定是一理想佳城。

《本篇完》

（十四）蔣大鴻之風水傳承

繼大師

蔣大鴻自幼得其祖父蔣安溪先生授以風水巒頭功夫，後始知一般坊間所出版之風水書籍多屬偽書，他以祖父所授之風水知識以辨別風水書之真偽，每每尋根究底，訪尋古訣秘本，幾經推敲，反覆思量，務求明白風水之真道。

蔣氏在〈地理辨正原序〉云：「**先太父安溪公。早以形家之書孜孜手授。久而後。知俗學之非也。思窮徑絕。乃得無極子之傳於游方之外。所傳又十年。**」

不久，蔣氏遇見其師父無極子，並授以蔣氏《玉函真義》。在地理真書中由蔣氏門人姜垚註解之**《醒心篇》**跋中，姜垚說：

「**師**（指蔣大鴻）**棄職訪道數十餘年始得真訣。而視世家舊墓以及新遷。吉凶無不符合。**」

當蔣氏於一六四五年逃至福建當官，晉升至御史不久，即棄職訪道，尋找風水明師，相信蔣氏在三十歲後始遇見無極子。蔣氏自言遇無極子於平原曠野之外，顯然蔣氏未遇見無極子之前已對風水有深入研究，但未得明師指點，始終未能貫通。毫無疑問無極子就是蔣大鴻之風水傳承師父。後蔣氏又到處尋訪風水典籍秘本，先後遇上：

（一） 武夷山家道人 ── 得《傳家陽宅得一錄》，始明白陽宅風水之理。

（二）得幕講師之《玉鏡經》（幕講師傳無極子，是蔣大鴻的師公。）、《千里眼》、《夜光集》、《郭景純水龍經》、《天玉經》，《剪水經》、《三字青囊》諸書等。蔣氏在地理真書之**《地理歸厚錄》**之**〈凡例〉**中說：**「是書乃楊、曾正傳。近代幕講尤精其理。劉文成、謝黃午乃能合轍。年來惟海鹽、吳天柱頗明九龍之法。曾師事之，更再得真傳。又益所未曉之四真為全璧。惜不令吳君得見是書也。」**

這是蔣氏曾師從吳天柱先生學習《水龍經》中之〈九龍水法〉，且得真傳。蔣氏又在《水龍經》之序文中說《一、三、四卷》得之於吳天柱先生，《第五卷》得之於同郡鄒先生，《第二卷》得於西興顧氏家中。

總之言之，蔣大鴻之風水傳承是：

蔣安溪 —— 風水巒頭啟蒙師父

無極子 —— 風水根本傳承師父

武夷道人 —— 陽宅風水師父

吳天柱 —— 傳水龍經「九龍之法」風水師父

蔣氏雖得無極子真傳，他用了十年時間去研習真訣，又用十年時間去引証所學，為了精益求精，再花十年時間去窮究所學。一生人用了卅年時間苦研，約至七十歲後始對風水內外無惑，這種恒心耐力，真是世間少有。

《本篇完》

（十五）蔣大鴻風水傳承師父無極子之考據

繼大師

無極子於平原曠野之中傳風水真訣於蔣大鴻，傳法時要奉守戒文稟告諸天，且要化表文呈告天地，並且不能輕洩妄傳。

蔣氏於**《玉函真》**序文中有無極子對蔣氏之言，說：

「今數應及子（指蔣氏）**。運啟後賢。傳之匪人祇禍耳。」**

序文又言：**「於是告盟三天。長跪敬受。」**

在《地理真書歸厚錄》《第二卷》《天驚三訣》前，蔣氏在〈**凡例**〉序文中說：

「是書原本乃遊洞天時遇真君親傳秘授。非人世所有。故不容輕傳于世。」

蔣氏約在三十多歲得遇無極子傳風水之法。在此之前，由於蔣氏二十歲喪母，幾度依風水偽訣而三遷母墳。他在**《醒心篇》**說：

「我喪慈親在早年。誤依偽訣地三遷。一朝忽受真師訣。悟到羲皇一畫先。」

在**《天元歌》**〈**第一章**〉又說：

「蔣生二十慈親喪。幾度拜人求吉葬。家破皆因買地差。身衰半為尋師浪。」

在蔣大鴻寫之《玉帝表文》內云：

「臣元珂痛　聖學不明。致生民之日蔽。童年祖訓。耳目堪輿之言。弱冠母亡。胼胝山川之險。更數師而不究其旨。歷萬年而愈失其宗。」

這證明蔣氏在未得無極子傳法前，他曾為了葬母之事，拜了數位風水時師學風水，不但學不到真訣，反而三次誤葬母親於凶地之上，這給蔣氏一個極大之教訓，以致他立志要學精風水真口訣，又令他對不學無術之風水時師極為不滿，於是他遍讀古今堪輿書籍，到處訪尋明師，搜集古籍秘本，加倍努力鑽研，為求明白風水真訣，他付出之代價可謂至大矣。

蔣氏以十年間苦究無極子所傳風水之秘法。又以十年間考察古墓聖蹟，再以十年時間在風水上精益求精，他一生人用上三十年時間鑽研，至他滿意時，年已老矣。

蔣大鴻在著作風水地理典籍時，常常用到「雲陽」一詞。在《天元歌》之〈第一章〉末云：

「天涯倘遇知音客。留取雲陽醉後歌。」

在《玉函真義》〈序文〉及《天元歌》內記有：

「**是能曲暢斯文。不晦雲陽之旨。**」

「**雲陽本是先天老。象說紛紛如電掃。**」

「**雲陽留得三元訣。欲向人間種善緣。**」

在《**傳家陽宅一錄**》之《**八宅天元賦**》內有：「**不得雲陽之訣。豈知幕講之傳。**」（幕講之傳，即幕講師傳無極子，雲陽即無極子，無極子傳蔣大鴻，爲傳承法脈中之一脈相承。）這「雲陽」一詞究竟代表什麼呢？

原來「雲陽」一詞是地方縣名，即江蘇鎮江府之丹陽，在明朝屬會稽郡所管治，後改曲阿，秦朝時稱雲陽，唐朝時為帝京之主要口道，更改名為丹陽郡，後改曲阿為丹陽縣。

蔣大鴻之風水傳承師父無極子，正是丹陽人士也。蔣氏是華亭張澤人士（今上海市松江區張澤），而丹陽在張澤之西北離約二百公里遠。其大部地域都屬水龍（平洋龍）穴法。當日無極子傳蔣氏之風水秘法正是《玉函經》，而經內全是平洋地理穴法之圖例也。

蔣氏在其著作中，均未曾說出其師父無極子之真實姓名，只言無極真人或無極子真君等稱號。在《**地理四秘全書**》由尹一勺註解之《**玉函真義天元歌**》之首頁有如下之記載：

「《玉函真義天元歌》

無極子雲陽君竺翁手授

中陽子平階蔣大鴻撰述」

在**《地理真書》〈卷六〉**由周壽人所註解之**《天元五歌》**之首頁有如下之記載：

「無極子雲陽君啟翁手授

宗陽子蔣平階大鴻撰述」

無極子之俗家名諱，兩者之分別是：

「雲陽君啟翁」及**「雲陽君竺翁」**

這兩個稱名，筆者繼大師實無從稽考其真偽。但觀其註解文義，尹一勺版本是木刻版，文章之錯字甚多。地理真書周壽人註解版本是手抄本，字體清楚，有條有理，且顯得非常認真。

無論如何，蔣氏在著作中所提及之「雲陽」一詞，按理應是無極子之代號，這亦證明蔣氏是尊師重法之人。常不忘師父之教導，亦常遵從師戒而不將風水秘法輕洩妄傳。

蔣氏在《玉函真義》自序中說其師父無極子在過去世是「無著大士」，「無著禪師」，這裡牽涉到輪迴之說，或無極子之修行已達宿命通？能知過去未來宿世之事，又預言蔣氏是傳風水秘法之人。而蔣氏遇無極子時是在原枝之野（平原曠野）上，當時蔣氏求成就出世神仙之金丹大道，豈料無極子傳以《玉函真義》風水秘法。

從各方面資料顯示，無極子是一位大修行人，且精於陰陽二宅風水及山水龍法之人，且有預知能力及宿命通，亦是出世高人。無極子師從幕講禪師（又稱目講師）。目講師又師從吾吉之劉達僧，劉達僧又師從司馬頭陀，其傳承法脈除風水秘法外，亦是佛法或道法之出世修行法脈。

無極子著有《玉函經》（又稱《平洋地理玉函經》）、《平陽金口訣》、《洞天秘錄等》，而《紫白原本錄要》（即《紫白訣》）是元末無著大士所著。

坊間有《平洋地理玉函經》集文書局印行，分上、中、下三卷，有八十局水龍穴法，此《玉函經》又不同於蔣氏所輯之《秘本水龍經五卷》。而在《平洋地理玉函經》由臨安雲嚴子之序文中，有代述無極子之語，其中第一頁云：

「無極子曰否。否非若是也。余少不知書。長不知耕。壯不知仕。日恣情於山水幾二十年矣。始得會其旨領其要。而余年亦已老矣。伏惟自晉迄今。中間歷數百年。業斯道者代不乏人。而真學已失傳。矧其百也後哉。故不辭固陋刑圖八十。舉其梗概彙成一編。藏之名山傳諸其人。」

此《平洋地理玉函經》序文作於元順帝年號至正二年壬午年，公元一三四二年，距蔣大鴻時代（公元一六四五年逃至閩時）約三百年之久，這手抄本《玉函經》，內容非常詳盡，其用二十四方位論來龍去水，並言名上下元局，其首局是午水來朝，並言是「**上元坎局，富貴悠久，三元如一日**」等。

此《玉函經》比較《秘傳水龍經》更加詳細，若人明白三元六十四卦之元空水法，將此《玉函經》內之水龍穴法互相引證，定會發覺所言不虛也。

但是，在另一面看來，此經若真是無極子所著，豈不是在傳此經給蔣氏時已是一位三百多歲老而不死之人？

或是無極子之前一世為無著大士時之著作而藏於名山達三百年之久始傳諸人乎？

又為何無極子不作序而由臨安之雲巖子代序乎？

若說是偽經，但文中又頭頭是道，且言之詳盡。

或是原文是真，但序文是偽乎？

又或是此經是偽托無極子之名著作？

又或無極子已修行至長生不老，留待肉身，等候傳風水秘法於蔣氏乎？

在**《地理真書》**之**〈奉授歸厚錄〉〈傳道誓章〉**末段有無極子之名諱，茲錄如下：

「一得傳之後。不敢妄希真主霸王禁穴大地。亦不敢為他人指示。

一凡人求指吉地。不拘大小。必從真實。不敢以假穴誆人。

一貧賤之人。苟至心誠求。必為指地。毋以束脩（脩同修，即庚金，地師費。）**不具而却之。**

一不圖謀人家已葬之地。扦其舊穴。

一雖遇仇讎（讎同仇）**。不得破其陰陽二宅。損人利己。亦不得受人囑託。破壞人家。**

以上諸款如有犯者罪依

天律

右上

祖師無極大真君　法座下

正乙龍虎玄壇執法趙天君靈顯化天尊

麾下證明立誓

弟子蔣元珂押」

這「**祖師無極大真君**」之名諱，正是無極子也。

此段記載於《雲間蔣氏家傳地理真書》〈再授歸厚錄〉之〈傳道誓章〉內。

無論如何。無極子是一位出世而精於陰陽二宅山水龍穴之奇人異士也。其傳承法脈為司馬頭陀傳劉達僧，劉達僧傳幕講禪師，幕講禪師傳無極子，無極子傳蔣大鴻。

《本篇完》

（十六）無極子傳蔣大鴻風水秘法之年代考據

繼大師

在清、沈竹礽著之**《沈氏玄空學》**〈**上冊**〉，李蜀渝先生在〈**序文七**〉——些子之用途，有如下之說：「**昔日蔣大鴻先師晚年七十餘歲，方獲無極真人仙師授以些子。**」為了證明此說法是否屬實，筆者繼大師參考了蔣氏著作，分析如下：

據蔣氏弟子姜垚著之**《從師隨筆》**所載：「**庚午年**（公元一六九〇年）**奧語告成……江浙近日偽法日出……囑余**（指姜垚）**作歌以正平砂玉尺之。……**」

蔣氏更在**《地理辨正疏》**之**《辨偽文》**說：「**生平學地理之志已畢。自此不復措意。**」

此《辨偽文》是附錄在《地理辨正疏》之後，而姜垚著之《平砂玉尺辨偽》亦在辨正疏裏，這證明此書約在庚午年（一六九〇年）完成。這時蔣氏已年約虛齡七十四歲，他平生學風水地理之願已了，根本沒有可能在晚年七十餘歲獲無極子授以些子法。

蔣氏在《天元歌》自序中說：「**昔過吾師無極真人於原枝之野。……我**（指無極子）**先授子**（指蔣大鴻）**以玉函之秘。山原水澤二宅奧妙。是名人世金丹。……**」

此《天元歌》五篇，是蔣氏於己亥年（公元一六五九年順治十六年）在會稽（今紹興）之樵風徑所作，當時正值虛齡四十三歲也。

在《傳家陽宅得一錄》蔣氏之自序中說：「**夫陽基之旨較陰地更元而應運。余**（指蔣氏）**研求數年未得其要。丙戌歲**（一六四六年）**以王事入閩。迂道武夷。遇家道人始得其奧。**」

蔣氏生於一六一七年，即他在三十二歲虛齡時已經研習陽宅風水十數年，包括他祖父蔣安溪先生在年幼時教他。他在四十三歲著**《天元歌》**時說：「**比其曉悟。星歲十週……蓋鞅掌者二十年。……乃得內無惑思，外無疑旨。**」這証明蔣氏在四十二歲時已研習風水秘法，足以証明他是在虛齡三十一歲至三十五歲之間（**一六四七年至一六五一年間**）在曠野平原上遇見其師父無極子，得了真傳後，以十年時間了悟，再以十年間遊方考察鑽研風水，乃至內外無惑。

從各方面資料顯示，《沈氏玄空學》上冊之李蜀渝先生所說：「**蔣大鴻先師晚年七十餘歲，方獲無極真人仙師授以些子，**」是不正確的。這「些子法」，其實並非有此秘法，其出處是在《都天寶照經》，蔣氏在注解楊公著之**《寶照經》**〈**中篇**〉所云：「**陰山只用陽水朝。陰水只用陽山照。俗夫不識天機妙。自把山龍錯顛倒。**」蔣氏註解云：

「陰山陽山。陰水陽水。習成名色。處處是死的。惟有那些子是活的。些子一變。陰不是陰。陽不是陽。陰可作陽。陽可作陰。」

這裏很明顯說明山、水是不變的，只有「些子」是活的，究竟「些子」是什麼呢！其實「些子」就是陰陽之原理，若懂得陰陽變化，山水二氣之變化原理、二氣之正、二氣之反及山水二氣之陰陽顛倒理法，定能明白蔣氏所說：**「惟有那些子是活的。」**之理，這「些子」更包括巒頭、理氣、山水、陰陽之綜合，其看法便是這「些子」法，這必須得明師在山上，或平洋地上親授不可。

蔣氏在一六四七年辭官歸華亭，又在他輯訂的《續水龍經總論》中說，他在一六五二年壬辰年開始到各地考察風水。很明顯，應該是在他虛齡三十一歲至三十五歲之間（一六四七年至一六五一年間）在曠野平原上，遇見其師父無極子，並得真傳，然後於一六五二年將其田地交給姪兒打理，將他所得的風水真傳，到處考察，引証其所學。

綜合以上所論，蔣氏既在庚午年一六九〇年間註解《地理辨正注》，並在《寶照經》〈中篇〉解說「些子」之理，言及生平學地理之志已畢，所以李蜀渝先生所說「蔣氏在七十餘歲獲無極子傳些子法。」這說法是不合理的。

《本篇完》

（十七）蔣大鴻一生在風水學術上之著作

繼大師

蔣大鴻一生在尋找風水真訣，在得了真訣後，即著書立說。在戴鴻註解蔣氏**《古鏡歌》**之序文中說：「**蔣大鴻止之。卒於紹興。著書十餘種。卷以百計。皆散失。**」

由蔣氏著作風水書時，有些是公開出版的，有些是寫給子孫家傳的，有些寫給自己弟子的，在坊間可找到的著作及註解有：

（一）《地理辨正注》 ── 內有《青囊序》、《青囊經》、《青囊奧語》、《天玉經》、《都天寶照經》、《平砂玉尺辨偽》。

（二）《秘傳水龍經》五卷 ── 是蔣氏輯訂，內第三卷末附有《玉函經》內之圖例。

〈卷一〉明行龍結穴大體，支幹相乘之法。

〈卷二〉述水龍上應天星諸格。

〈卷三〉指水龍托物比類之象。

〈卷四〉明五星正支穴體吉凶大要。

〈卷五〉與〈卷四〉同義，蔣氏在丹陽水精庵完成，並作序文。

（三）《歸厚錄》——古本《歸厚錄》是明代冷仙冷謙先生所註，其中失去六篇，蔣大鴻補作六篇。即是：巨浸、胎息、乘龍、還元、御極、注受，全數共有十八篇。

（四）《天元歌》五篇——內容是《玉函秘義》，蔣氏於順治十六年己亥年（公元一六五九年）在會稽（紹興）之樵風涇著。分別是：總論、論山龍、論水龍、論陽宅、論選擇等五篇。

（五）《天元餘義》——內有龍法三格辨、真穴辨、陽宅三格辨、覆舊墳辨等四篇。另有八卦後天體用說、太極篇、平洋千金訣、黃白二氣說、雜說等。於康熙二年公元一六六三年癸卯年所著。

在《地理合璧》之《天元餘義》原序中說蔣氏於乙卯年（公元一六七五年）遊丹陽訪黃堂丹井之蹟。

但在《地理真書》之《天元餘義》原序中說蔣氏於癸卯年（公元一六六三年）西渡錢塘薄遊丹陽訪黃堂諶母元君丹井之蹟。而序文開始說：「**余既作天元五歌五篇。**」後之「**授山陰呂子門人于鴻猷輩為之章句。**」不見出現於《地理合璧》內，由編者蘭林于楷刪改了。而門人之名字，屢見於蔣氏之各序文中。

蔣氏在著《天元餘義》之年份上，有十二年之差別，若癸卯年著，即蔣氏時年四十八歲，若乙卯年著，即是六十歲矣，而蔣氏是己亥年四十四歲著《天元歌五篇》，在時間上之考據，應該是以癸卯年時四十八歲最為合理，因為蔣氏於庚子年（公元一六六〇年）還到處遊訪真訣秘本，並到同郡之鄒先生處尋得一卷《水龍經》，而事隔四年而補著甚合理也。若著《天元歌》後十六年始補著，則於理不合。

（一）《醒心篇》－只有一卷，多置於《天元餘義》之後。

（二）《古鏡歌》－分上下兩卷，由於辭句鄙俚而被認為是偽託之作，但內容精群獨有見地。

（三）《陽宅指南篇》、《八宅天元賦》（即《傳家陽宅得一錄》）。

而《天元歌》已有陽宅一卷，此篇《陽宅指南》作於康熙二十三年甲子年（公元一六八四年）之冬天，補《天元歌－陽宅》之不足。

而《八宅天元賦》在尹一勺註之版本最後所載是：「**歲在丁巳六月蔣平階大鴻氏撰**」。即康熙十六年六月（公元一六七七年）。

但是《地理真書》之《八宅天元賦》版本之記載是：**「歲在彊圉協洽律中林鍾杜陵蔣大鴻氏撰」**。其彊圉（音禦）即養馬之邊境，而太歲在未曰「協洽」，「林鐘」即未月也。全句之意思是「時年在午年至未年未月杜陵蔣大鴻撰」，是否此《八宅天元賦》之短篇文章由戊午年開始著，直至己未年未月完成呢！（即一六七八至一六七九年）在文句上，後者似乎是蔣氏所慣用之古語法。

無論如何，《八宅天元賦》都是在此三年間之著作也。此篇是蔣氏於丙戌年（公元一六四六年）在閩之武夷道人處所得之《傳家陽宅得一錄》中所撰寫之著作。蔣氏還著有《天玉經外傳》、《字字金》、《黃白二氣論》、《天驚三訣》及註無極子著之《洞天秘錄》等。……

又現今有很多自稱是蔣大鴻手抄秘本面世，價錢很昂貴，售價約港幣五至六千元。是真是假，且代有識之士分辨。但往往真訣古來並不筆錄之於書，多是心傳口授，更須有明師傳心傳眼，至於自稱真訣之書，則清者自清，明眼人一看即知真偽，有心學風水者宜小心分辨。

另外蔣氏著有關於東林政黨之《東林始末》及《支機集》詩詞等書，是風水著作以外之另類書籍。

《本篇完》

（十八）蔣大鴻輯訂《續水龍經總論》

繼大師

千禧年後，海南出版社出版〈故宮真本叢刊〉《水龍經》〈附水龍經陰陽宅、續水龍經〉，自清初至今，坊間未見出版，是故宮真本，與訪間出版之《水龍經》比較，此書內〈續水龍經〉〈第二、三卷總論〉在訪間未見有記載。這裡有提及蔣大鴻先師訴說自己過去得此秘本的因由，研究水龍人士，可深讀此經。

蔣子在〈總論〉中自言少時多病，個性放蕩，後好粘香禮佛，兼習風水地理。並言當時坊間的風水界中，魚目混珠者多，偏見及井底之蛙者不少。他曾閱數卷《青囊經》（即《青囊經》、《青囊序》、《青囊奧語》），自視為玉函秘本，並曾多次閱讀〈水龍經〉，發現書的內容所提及的吉凶原理合乎邏輯，但書中語句有不少淺陋之語，不似前賢手筆，似後人添加修改，可見他非常用功讀書。

於順治九年（一六五二年壬辰年）虛齡卅六歲時，蔣子放棄一切事情，將數畝良田交付姪兒輩處理，用了兩年時間考察風水，西抵至四川，渡錦江，登劍閣，涉峨眉之巔，南至武昌，登黃鶴樓，渡漢江，上晴川閣。自言對風水學識有領略萬千之勢。

（繼大師註：錦江區是中國四川省成都市的一個市轄區，位於成都市的中心城區的東南側，原名東城區，因流經其區域的錦江得名。

劍閣縣位於四川省北部偏東，隸屬廣元市，是甘肅、四川之間的交通要道。

晴川閣位於武漢市漢陽區龜山東麓，洗馬長街的禹功磯上，北爲漢水，東爲長江，與隔江相望黃鶴樓。

焦山寺在今江蘇鎮江市東焦山上，本名普濟寺，南宋景定年間重建，改名焦山寺，現名定慧寺。）

蔣子於一六五四年甲午年，虛齡卅八歲，在歸家途中，渡長江至金焦之間，時有薄霧，狂風大作，駭浪千尺，晚上船泊焦山寺前，蔣子聞有虛無上人，乃叢林中之得道高僧，兼明白陰陽玄理，一般人不易得知。於是蔣子登堂進謁，見一蒼顏白髮老人，形如槁木，心若死灰，延坐法堂，兩人談笑間，自覺在琉璃世界之中，萬緣皆空。

虛無上人與蔣子談到風水地理時，上人取出一本《水龍經》送給蔣子，原來上人藏此卷祕本已久，久思傳世，但恐怕所傳非人，故自秘藏，今見蔣子深明陰陽之道，交談投機，特別傳授之。蔣子細玩此書良久，內有八十圖，皆是古代名師所作名塚吉地，格格成形，現世少有之作，世人不察，每遇此等妙局，不以為意，致當面錯過。

虛無上人吋囑蔣子說：「**子好佛法，而虛無之境不二窺知也，子善於地理，此卷《水龍經》可深入研究，以此救世。**」於是蔣子拜而受之，於是編輯數卷，反覆推論其形局，並分配為《續水龍經》〈二、三〉兩卷。相信蔣氏編輯此卷後，當時並未出版，後輾轉流傳，清廷收入寶庫。如今此卷《續水龍經》由海南出版社，重新將此故宮真本出版，雖是簡體字，但值得大家研究。

《本篇完》

（十九）蔣大鴻之著作特色及思想

繼大師

從蔣大鴻之著作中，除說及風水學理外，多在序文中述說自己個人的點滴生平事蹟，亦有年份及人物之記載。至於寫序文時，在後面多沒有年份之記載。有時在說述風水學理時，有提及自己過去之一些遭遇，有些牽涉神異或有道家術語之詞句。有些是從蔣氏心中流露出來之感受，當中有：

（一）尊師重道 ── 當提及師父無極子傳他風水秘法，有感恩之心，而自己在追求風水真訣時非常苦心，且毅力倍加亦未必能明白，他本人自覺非常有幸能得遇無極子真傳，對師父甚尊敬，常不忘師訓。

（二）非常重法 ── 蔣氏對於自己得風水之真傳極為珍惜，常言不可輕洩妄傳，得真訣秘本後，不肯輕易示人。若傳風水秘法於門人，要門人本身心正善良及敦厚，而傳法時並不是瞬即傾囊相授，是慢慢傳授，令弟子們明白秘法之重要，他日門人若傳風水真訣，亦要擇心術正者而授之。

（三）能將所學引證實淺 ── 蔣氏常言用了十年時間了悟無極子真傳心要，繼而用十年時間考証古今墳穴帝皇古墟；為求精益求益，再以十年時間磨練考察，引證自己所得之真訣。自覺無疑無惑之時，年紀已大，約是一個七十多歲之老人，這股恒心與毅力，不是一般人能做到。

（四）常存悲天憫人之心 ─ 在文章中，蔣氏常流露出憐憫眾生不得真訣而被風水庸師所誤，更不滿時師以風術一道誤惑世人，貪眾生之供養，騙人錢財，自撰偽訣，禍害後世眾生。

蔣氏又常言：「天道隱微」，不肯將天機浪示於人，但另一方面又嘆時師以偽法害人，在這種矛循心情下，他不得不把真訣作有限度之公開，但內容是要令人家相信其言，但又不肯公開真訣，故作《地理辨正注》一書，以示世人。

在蔣大鴻之著作中，有很多共同之處，筆者繼大師現將其列出，並引其著作為例：

（一）每篇文章前或最後處，多有撰寫一篇總論以作解釋。如輯訂《秘傳水龍經》中，除第三卷外，各卷前皆著有總論。著《渾天寶鑑》（即《天元寶筏》）時，在最後一段作有總論。著《平砂玉尺辨偽文》之首章亦有《辨偽總論》。

（二）文章多以七字詩句示人，如《天元五歌》、《醒心篇》、《古鏡歌》、《陽宅指南篇》等。

（三）在著作序文中多沒有年份之記載，若有記載，太多用文字深義之古法寫出日時。例如：

《天元歌》〈原序〉 ─ 序段末題上「**歲在己亥日月會於元枵**（音宵）**之次中陽大鴻氏題於會稽之樵風涇**」。

《八宅天元賦》— 文章後題上「歲在疆圉協洽律中林鐘杜陵蔣大鴻氏撰」。

（四）文章序文中，其內容往往提及門人或一些人物之名字，其本人之行蹤事蹟等。例如：

《天元餘義》之〈序文〉—「余既作《天元歌五篇》授山陰呂子門人于鴻猷輩為之章句……余西渡錢塘薄遊丹陽訪黃堂諶母元君丹井之蹟……」

《地理辨正注》〈原序〉—「先太父安溪公早以形家之書孜孜手授……近考青田幕講彼其言蓋人人殊……于姜諸子聞業日久……（于即于鴻猷及于鴻義，姜即姜垚）。

《傳家陽宅得一錄》（即《八宅天元賦》）— 其序文有「余研求數年未得其要。丙戌歲以王事入閩。迂道武夷。偶遇家道人。始得其奧。後以奔走南杜……」

《天元歌》〈第三卷〉末之文章解說 —「余早知楊公有水龍二卷。訪之十年。終不可得。近於西陵顧氏得之。」

《水龍經》〈五卷〉—〈卷一〉序文中「方予初傳水龍之法。求之古今文獻。茫無顯據。及得幕講禪師《玉鏡經》、《千里眼》諸書。於入穴元機始有符契。」

（五）文中多有道家修煉之術語，並有道家玄妙之事例。例如：

《水龍經》〈序文〉——「**鉛汞不備。伯陽無以運其神。**」（鉛汞即自身中的水火；伯陽即魏伯陽真人，乃得道高真。）

《天元歌》〈序文〉（即《玉函真義》）——「**昔過吾師無極真人於原枝之野。扶桑上官再拜稽手。叩問金丹大道。**」並敘述有關無極子之說話，其中牽涉有輪迴及神異之事。

《黃白二氣說》——「**昔有至人。玄默忘形。升神太虛。乍離黃壤。未即高天。垂光俯視。萬里如掌，諸家莫睹。惟見黃白二氣。縱橫四馳。……**」

（六）文章中其義多隱晦，且重心傳口授。例如：

蔣**《辨偽原文》**末段之：「**至於僕之得傳。有訣無者。以此事貴在心傳。非可言罄。**」

《天元歌》〈第一章〉末段之：「**曾揚口訣世間無。若不傳心并傳眼。青囊萬卷總模糊。**」

《八宅天元賦》（即傳家陽宅得一錄）前段之：「**斯固世運之衰微。抑亦天機之隱秘。不得雲陽之訣。豈知幕講之傳。**」

（七）文章內容極度不滿風水界中之江湖術士及時師之流，尤以偽風水口訣，欺詐人們，騙人錢財。當時有人自撰偽書，指為蔣氏秘本，然後販賣偽訣秘本以圖利。蔣氏在著作中曾言：

《天元歌》〈第一章〉末：「**恨殺時師不識真。漫將假局哄他人。謀占靈壇并舊墓。壞人心術少安寧。**」

蔣**《辨偽原文》**末段：「**以不正之術。謀人身家。必誤人之身家。以不正之書。傳之後世。貽禍於後也。僕**（指蔣氏）**不忍不辨。**」

《玉尺辨偽總論》：「**堪輿家延之上座。操人身家禍福之而不讓。拜人酒食金帛之賜而無慚。是以當世江湖之客。寶此書為衣食之利器。**」

（八）文章中每每感情流露，悲憫眾生不得風水真訣，並嘗試將自己在風水上之學問，傳以有善緣及有善根之人，以待救世。例句如在：

《醒心篇》：「因憫世人多夢昧。翻然作此醒心篇。」

《天元歌》〈第二〉：「血淚沾巾歌載歌。天機洩盡求人曉。」

蔣氏在文中說明風水秘法是不許宣洩的，若因洩漏天機而遭鬼神呵責亦甘心受罰，是皆因悲憫之心願宏大也。在蔣氏之著作中有言：

《天元歌》〈第三〉：「水龍一卷從來秘。不許輕傳洩化工。我代雲陽（指無極子）**行普渡。一言萬古鑿鴻濛。神呵鬼責甘心受。造福生民在掌中。」**

世間有真得風水口訣者，固然有之，但同時具備這悲天憫人之宏願，世間確實少有。從這短短數語中，讀者們當體會出蔣大鴻先師所流露之慈悲心，其用心良苦，實是菩薩心腸也。但後世每每有人恨他入骨，憤說他不肯將真訣公開，以致有心學習風水之後人，不能得真傳，而誤後世之人，於是毀謗者四起。

民國初徐世昌編《晚晴簃詩匯》內云：

「又清末沈竹芀（芀音形，意爲草割後更生，亦稱亂草。）**平生最恨蔣公言多晦澀、秘而不傳，時有今人，不知三元擇徒之慎，難獲三元真機，常道玄空不驗，更有深恨者，謗其師無極子為倭人以辱之，謠其潦倒無後以唾之。此類諸公，竟不知扶桑非倭國、三宗蔣善終乎？實效小兒故事、齏為笑談。」**

（繼大師註：齏音劑，意爲搗碎的薑、蒜、韭菜。）

毀謗元空大卦者，指扶桑為日本，「倭國」是貶義詞，明朝有日本海盜為患，扶桑為道家的蓬萊仙境，無極子是修道之人。一些地師，因不能得真訣而非常憤怒，以致毀謗蔣氏及無極子，強指扶桑為日本海盜國。故真訣難得，真傳者少，這一切都講求緣份。

《本篇完》

（二十）蔣大鴻的風水理論

繼大師

蔣大鴻一生追求風水真訣，雖得無極子之真傳，但仍博覽古今堪輿書籍，尤是坊間未見之古籍秘本，凡書合於蔣氏真傳古法秘要為真，不合秘要者為偽。繼而將自己所得，考證大江南北先世帝王聖賢陵墓古蹟及名家墓宅，以地理書有證有驗為真，不驗為偽，從而寫《地理辨正注》一書，又作《平砂玉尺辨偽》文，以指三合之非。

在《地理辨正注》一書中，分別有：

《青囊經》—— 原本作黃石公傳赤松子述義。古文作《堪輿篇》，郭氏作《氣感篇》，邱氏作《理原論》等，皆被削之。

《青囊序》—— 唐曾求已（字公安，曾文辿之父）著。

《青囊奧語》—— 唐楊筠松（字益）譔。姜垚註。

《天玉經》—— 唐楊筠松（字益）譔。

《都天寶照經》—— 唐楊筠松（字益）著。

《平砂玉尺辨偽》—— 蔣平階大鴻著。後由弟子姜垚撰《平砂玉尺辨偽總括歌》於後。

既然蔣氏作《平砂玉尺辨偽文》，這當然認為三合之法是偽訣。以二十四山分天、人、地而消納水，其機會率是三乘二十四等於七十二份。若以三元六十四卦，又每卦有六爻，則分金立向達三百八十四格，可謂極之細微矣。

所以蔣氏在**《辨貴陰賤陽》**一文中有云：「**夫吉凶之理。莫著於易。易六十四卦。各有其吉。各有其凶。八卦。六十四卦之父母也。豈有四卦純吉。四卦純凶之理。八干十二支亦然。吾**（指蔣氏）**謂論地止論其是地非地。不當論其屬何卦體。屬何干支。**」

蔣氏於這理論上，是強調風水穴地是否真龍結穴為主，穴地方向則次之。蔣氏最坦白的說法就是：

「**易六十四卦。各有其吉。各有其凶。**」

這口訣就是楊筠松先師在**《青囊奧語》**中之顛倒訣曰：

「**顛顛倒二十四山有珠寶。順逆行二十四山有火坑。**」

而蔣氏註解謂：「**二十四山陰陽不一。吉凶無定。合生旺則吉。逢衰敗則凶。山山皆有珠寶。山山皆有火坑。**」

最重要的就是巒頭與理合之配合，要合乎陰陽之理，則吉凶自顯。若說：「**顛顛倒六十四卦有珠寶。順逆行六十四卦有火坑。**」亦同一道理也，這足以證明風水是活法。蔣氏以三元元空六十四卦之理氣作依止，以巒頭之山水穴法為主，再配合六十四卦之三元時空氣運，則吉凶在自己掌中。

由於蔣氏非常重法，從不公開視為秘密之風水真訣，只從偈語時歌中暗示理氣真訣。至於巒頭而言，則述說清楚玲瓏，因無實物及圖片，故難以想像其神韻，而精於巒頭者觀其學說即知其義；若不明者看之，則如盲人摸象，胡亂瞎猜，終未能明白。例如蔣氏在《**醒心篇**》云：「**勸君切莫葬空窩。山勢灣環圍抱多。只說無風藏煖氣。豈知積水穴生波。**」

若非得明師真傳，其巒頭之實際景況，難以想像；固此蔣氏重心傳口授，若得真訣，也要明師講解。例如楊公撰《**天玉經**》云：

「**共路兩神為夫婦。認取真神路。**」

蔣氏在註解中云：「**如巽巳為真夫婦。丙午亦真夫婦。若巳丙則不得為真夫婦矣。**」

張心言又補註曰：「**如乾䷀與夬䷪合四九。大有䷍與大壯䷡合三八。同在乾宮為共路夫婦。故蔣傳以丙與半午為夫婦。**」

蔣氏只用廿四山解說楊公經句，很明顯地，他將「巽巳」及「丙午」分開兩組，「巳丙」剛好就是乾宮兩儀分界線，他始終沒有說出用六十四卦。直至張心言把卦例剖析，真相始大白。

若有人將二十四山（天、人、地盤）方向換作六十四卦而推其論，定可知道真假夫婦之別，此乃蔣氏用二十四山方位說明六十四卦卦例。而張心言地師亦未敢言明其中奧秘，只在《地理辨正疏》〈卷首〉內把卦圖公開，已是前無古人之作。

至於沈氏玄空理氣之法，亦是用二十四山作準，以坐山之山星及向星放入中宫作順逆飛臨，再配合流年紫白飛星定吉凶，其二十四格分順逆定吉凶，其機會率不及三合之「天、人、地」盤七十二格方位（中針、縫針、正針）之機會率大。

雖然各家理氣派別均有人信受，但蔣大鴻先師因得真訣而守秘，固在其學說著作中，均以二十四山說六十四卦為理論，以穴之得地與否為主，配以巒頭山水之陰陽，配合三元元空六十四卦零正陰陽而定方向，以紫白流年流月吉星飛臨推算吉凶之應，在造葬時不犯五黃二黑諸凶星等，再用元空六十四卦收黃白山水二氣，零正得位，則發福悠久。（犯五黃之說述於姜垚著之《從師隨筆》一文內。）

蔣大鴻由於最尊崇《地理辨正注》內諸經，而恐世人誤解，故註辨正一書，因此蔣氏以楊筠松、曾求已、黃石公、赤松子等風水理論為依據，尤對楊、曾風水學說更為尊崇。蔣氏曾在註《**寶照經**》〈**中篇**〉時說：「**楊公自言既得至道。不敢炫耀於世。故披褐懷玉。抱道無言。然天寶雖祕惜。而救世之心。未當少懈。……楊公得道之後。韜光晦跡。背其鄉井。隱於江東。**」

（繼大師註：江東即傳說中現今之江西省興國縣梅窖鎮三僚村。）

蔣氏對楊公作此描述，其行徑實已有楊公之影子，難怪蔣氏在著作中一再強調謂：「**天律有禁。不得妄傳。苟非忠信廉潔之人。未許與聞一二。**」又言：「**故有辨正一書。昌言救世。**」

這證明蔣氏得了風水至道後，不但沒有輕洩妄傳，而且用風水真訣救世助人，其心之慈，可謂深矣。

至於楊公風水之真傳，到蔣氏手中，他把前人明師之學說整理，繼而形成一風水學派，成為日後之主流，將楊、曾學說發揚光大。但由於蔣氏傳法隱秘，若不得親傳，是無法明白的，所以形成日後有諸多學說出現，真假混合其中，皆因得書不得訣。後人又因個人見解，妄測蔣氏著作之言而著書，又有人貪圖謀利，作偽訣書籍以騙人錢財，這等經籍出現不少，但清者自清，有緣者皆得之。

無論如何，《地理辨正注》內諸經，實為元空三元理氣學派所傳崇，蔣大鴻先師是繼楊、曾後之一位傳風水正法之表表者。蔣氏除精於理氣外，他對於穴法、龍法（山水二龍）及造葬裁剪等法，均能精通。他在回答門人弟子姜垚有關火坑與珠寶線之問題時，曾引俗語云：

「我葬出王候。人葬出盜賊。」

而楊公有云：「**地吉葬凶禍先發。名曰棄屍福不來。**」

事原於廖金精先師在樂平縣（土名軍山）曾為劉氏點有一穴，穴既所卜，其位已定，後劉氏自葬祖墳，其深淺不合法度，向度未合，不能盡接龍氣。廖金精見之嘆曰：「**我做定產王候扶聖主。他做草寇強梁不善終。**」後出四兄弟並追隨元末起義之士陳友諒，陳授他們為萬戶候一職，後敗於朱元璋而不得善終。

此乃點得吉穴而未能造葬得法，立向錯誤所致。蔣大鴻於風水造葬巒頭理氣裁剪之法，經三十多年之鑽研，得真實理論而又能實淺其法，對於龍、穴、砂、水、向之作法皆深入了解，實繼楊公之後的一位「**一代風水宗師**」。

《本篇完》

（廿二）論《平砂玉尺經》

繼大師

《平砂玉尺經》署名是元朝劉秉忠先生所著，全經有〈審勢篇〉、〈審氣篇〉、〈審龍篇〉、〈審穴篇〉、〈審砂篇〉、〈審向篇〉等六篇，內容是用羅盤中廿四山立向分金，又分七十二山龍，並倡廿四山雙五行之法立穴，其中在**〈審氣篇〉**云：

「辨方定位。究二十四字之興衰。立穴朝迎。察七十二龍之關殺。」

是專以羅盤中之廿四山定吉凶，除用廿四山立向外，用廿四作水口，以「辰、戌、丑、未」山為四大水口，為墓庫，以廿四山之祿馬貴人取應於催官生氣，在**〈審穴篇〉**云：

「兌丁本為正配。見亥艮而富貴尤奇。震庚猶如夫婦。見辛亥而文武雙全。」

又倡言：**「尊納甲之宗。八殺黃泉。」**以廿四山作收山出殺。

《平砂玉尺經》是三合家所尊崇之經典。筆者據恩師　呂克明先生生前所述，此三合家經典在理氣方位上，並不是完全錯誤的，它的準確率達至七成，若是巒頭功夫高手，配合三合理氣的話，其線度可令福主邀福，假若立下非當元旺卦之向度，雖未能即時興旺，但當氣運一至，亦可大發一時，這全在巒頭點穴功夫上為主，理氣為用，兩者互相配合也。

呂師並推斷，寫此三合理氣口訣之人，實是得三元真訣之高手，智慧是非常了得，因為三元理氣是活法，但因是秘密法，不能隨便公開。這樣，他又不想下智之人在立向時錯下煞線，所以他依三元六十四卦之方位，用廿四山三層作「天、人、地」盤，共七十二格方位，又立「黃泉八煞」之名目。其實細心分析下，黃煞八煞即是四正四隅正線方，是天地八方之分界線度，三元家亦不納此向。

假若巒頭功夫好的地師，若依三合廿四山向「天、人、地」盤作收山出煞，亦可暫作一時之用，這些向度當中，還有很大算勝的機會率，總比較「胡亂立向」好得多了。

恩師對三合家學說之看法，實是認同張心言地師在《地理辨正疏》〈卷末〉——《三合源流》中的說法，張氏云：

「余既將秘旨盡情道破。則三合源流不得不逐一分疏。蓋創是說者。當有高人。既得真傳。不肯輕洩浪示。而以呆板死格。傳中智以下之徒。俾之不見小就給衣食耳。其流弊至今。」

至於此論，張氏亦有解釋，云：**「而巳辛丁癸之向。見乾坤艮巽之水。在三合沐浴方謂之殺人黃泉。不知乾坤艮巽均為一九分界之處。」**

此四隅方是「乾、坤、艮、巽」四山。即是：

乾山 — 天地否卦䷋與地山謙卦䷎。

坤山 — 天水訟卦䷅與地風升卦䷭。

艮山 — 天雷無妄䷘與地火明夷卦䷣。

巽山 — 天澤履與䷉地天泰卦䷊。

剛好四山在兩官交界處，易犯空亡也。至於**《平砂玉尺經》**內又尊崇廿四山納甲之法，並言：「**乾納甲，坤納乙……**」等，這種說法顯然是「固定格局」，若背熟其口訣則可使用矣，由於作者又怕世人得訣後，恐易立廿四山正針而致犯煞，所以作者在〈**審向篇**〉說：

「**射破生方向。少差而就絕。衝傷旺位。針一轉以從衰。**」

又以內盤二十四山格龍，以外盤縫針立向收水用。其「天、人、地」三盤，其實不過將一般廿四山方位向後移半格而排，另一個向前移半格而排，加上原來廿四山方位而成「天、人、地」三盤也。

而三合家又以〈**司馬頭陀水法**〉為宗，玆列如下：

「**辛入乾宮百萬莊。癸歸艮位發文章。乙向巽流清富貴。丁坤終是萬斯箱。**」

假若有人精於三元地理理氣口訣，當知三合家之法是非常合乎卦理的，只是將廿四山方位挨左挨右而矣。歷代及當今皆有地師謂《平砂玉尺經》一書是假托劉秉忠先生之名而著，因為劉秉忠為元世祖所重用，精於陰陽術數，是風水奇才，助元世祖建都於北京城，另在內蒙臥龍山（今多倫約離**北京以北二百五十公里）**建元朝上都，既是元朝之大明師，又怎會著三合偽訣呢？

此說法雖然有理，但另有一假設，若有得真訣之地理明師，既得真訣後，不欲公開天機，但又 想以術利益天下，若如此另作一「固定格局」，在風水學理上亦未嘗不可。此論皆有憑為據。例如楊公用廿四山說卦理，即如**《青囊奧語》**之：

「坤壬乙巨門從頭出。艮丙辛位位是破軍。巽辰亥是武曲位。甲癸申貪狼一路行。」

蔣大鴻先師在**《古鏡歌》**之**《辨吉凶星照臨訣》**云：

「乾山巽向一端看。破在午兮離不靈。輔在坤方煞上煞。弼在兌宮福便輕。」

先賢聖哲皆是用廿四方之方位說吉凶之理，足以證明真訣皆不錄之於書上，是心傳口授，若是公開真訣，則人人是大明師，那用師父傳授。所以這本《平砂玉尺經》署名是劉秉忠先生所著，則未嘗無理！

若真的將真訣公開，那麼看這書的人，大大可以說自己是某某地理正宗，然後再著書稱自己是得真訣之傳人，個個是明師，那麼風水界勢必大亂矣。而三合家二十四山「天、人、地」盤是定法；大三元元空六十四卦內、外盤是活法。兩者皆有其作用及功能，世人有上、中、下智者，法不同而相配不同人。正如佛家所說：「**諸法因緣生。諸法因緣滅。**」

而法本無法，因眾生有不同之心，諸法則應運而生矣。想不到的是三合法給蔣大鴻先師辨其偽，但在蔣子之後，沈子又作沈氏玄空，得書不得訣而自悟玄空，豈不是步昔日三合法之後塵，若蔣子在世，定必再寫「沈氏玄空辨偽文」也。這沈氏又果真是昔日之劉秉忠心先生乎！哈哈！真真假假，一場遊戲吧！

繼大師註：《平砂玉尺經》〈審穴篇〉云：「兌丁本為正配。見亥艮而富貴尤奇。震庚猶如夫婦。見辛亥而文武雙全。」

繼大師解釋如下：羅盤中西方之「兌」宮，為廿四山中的「庚酉辛」三山，以「酉」山為中心，「酉」為易盤外盤中的天山遯卦䷠及地水師卦䷆。「丁」位為火風鼎卦䷱，與天山遯卦䷠同屬四運卦，是挨星中的兄弟卦。

「亥」爲火地晉卦䷢，「艮」爲地火明夷卦䷣及天雷無妄卦䷘。晉卦䷢及明夷卦䷣同是三運卦，亦是挨星中的兄弟卦，更是綜卦及覆卦關係。

這句「**兌丁本為正配。見亥艮而富貴尤奇。**」暗地裏道出了挨星之法。

又「**震庚猶如夫婦。見辛亥而文武雙全。**」繼大師解釋如下：

羅盤中東方之「震」宮，爲廿四山中的「甲卯乙」三山，以「卯」山爲中心，「卯」爲易盤外盤中的天火同人卦䷌及地澤臨卦䷒。「庚」位爲坎卦䷜，「甲」爲離卦䷝，坎䷜離䷝兩卦爲合十夫婦之錯卦。見「辛」方之火山旅卦䷷，「亥」山之火地晉卦䷢，各關係密切。

繼大師述之如下：

「甲」中之「離䷝」父母卦，變五爻爲卯之「天火同人䷌」子息卦。「離䷝」父母卦變初爻爲「辛」山之「火山旅卦䷷」子息卦。全是父母子息卦關係。故《平砂玉尺經》是一本深明易卦明師所作之經典也。

《本篇完》

（廿二）劉秉忠先生生平事蹟

繼大師

劉秉忠名侃，（繼大師註：侃音罕，意為理直氣壯，從容不迫的樣子。）字仲晦，後更名子聰，河北省邢台縣人，精於天文地理等五術，善觀星、占卜及風水地理，隱居於河北省武安山修煉。時值南宋與蒙古並存之時代，蒙古由奇渥溫忽必烈統治，約于公元一二五七年，奇渥溫忽必烈聞劉秉忠有道，即召劉氏與僧人海雲二人，請其輔助元朝，用風水之道給予忽必烈相宅，並營建開平府，此地本金之桓州地，今建都於此地（內蒙古正藍旗東），中統五年（一二六四甲子年）加號上都，至元五年（一二六八戊辰年）名「上都路」，即現在內蒙古多倫縣，離北京以北約二百五十公里。

由於蒙古主定宗駕崩，於一二五一辛亥年立拖雷長子蒙哥為憲宗，命太弟忽必烈總治蒙古，即是奇渥溫忽必烈。一二五七丁巳年，蒙古主欲親征伐宋，命劉氏卜其吉凶，秉忠曰：**「宋之國勢將亡，但主上南行不吉。」**兩年後（一二五九己未年），蒙古主聞宋主將趙葵擺職且病卒（宋改元開慶），即親自將兵伐蜀（四川），但不幸駕崩於軍中。時忽必烈南渡，江淮州縣俱降，宋國大驚，右丞相賈似道密遣使者乞和，忽必烈始班師回朝。

宋景定元年庚申年（公元一二六〇年）蒙古忽必烈即位，建元中統，稱元世祖，定國為大元。封宋披雲真人為通玄弘教披雲真人，主天下道教之事，封藏僧八思巴為國師，主統天下釋門，國勢日盛，安南（今越南）及高麗（今韓國）皆請降。

公元一二六四甲子年，有慧星出於柳（即柳宿，稱鶉火，是廿八宿中南方朱雀八顆星中之第三宿。）劉秉忠先生謂忽必烈帝曰：**「宋主將殂矣。」**於是元改「至元」，劉秉忠為光祿大夫太保。而元朝有兩個年號是相同，均稱「至元」，茲列如下：

（一）元世祖 — 奇渥溫忽必烈，年號有：中統（1260 — 1264）及至元（1264 — 1294）。

（二）元順帝 — 奇渥溫妥懽帖睦爾，年號有：至順（1333），元統（1333 — 1335），至元（1335 — 1340），至正（1341 — 1368）。

而劉秉忠先生所拜太保之年代是公元一二六四年甲子年，非元順帝之至元元年公元一三三五年。此關於劉秉忠先生之時代年份，在清、潘昶所著之《金蓮仙史》中有清楚之記載。筆者繼大師轉述如下：

「癸酉年，元軍攻陷樊、襄兩地，翌年，公元一二七四甲戌年，劉秉忠先生居於南屏精舍，無病而逝，令元主忽烈甚為驚悼也。兩年後（一二七六丙子年）元正式一統天下，一二七八戊寅年，左丞相陸秀夫負宋帝昺在崖山跳海而死，宋至此俱亡矣。」

而劉氏以風水及占卜等術數，輔助忽必烈建都立國，功勞非輕，而人生在世，能修煉至無疾而終，亦非易事。署名劉秉忠所著之《平砂玉尺經》，果真是劉氏所著？此乃見人見智。但蔣大鴻先生著《平砂玉尺辨偽》一文，則肯定認為此經有不是之處，影響深遠，故寫辨偽文辨之。

《本篇完》

（廿三）蔣大鴻對後世風水的影響

繼大師

由於蔣大鴻註解《地理辨正注》一書，將黃石公、赤松、楊、曾等著作發揚光大，因作《平砂玉尺辨偽》，以說三合之非。在當時，蔣氏已是七十多歲之老人，由於過往在風水上之成就，曾給很多達官貴人之祖先點穴造葬，其後人富貴連連，成效顯著，其在風水上之造詣，自然被人們所肯定。

蔣氏因有此成就，其在風水上之著作論述，大大影響當時各階層之人士，甚至清初大儒黃宗羲先生也找蔣氏察看他自己所卜之壽藏（生基），三合學說因此而大大失色，風水學理更牽起三元元空學熱潮。而蔣氏門人多為執業地師，他們自視甚高，對於三元元空理氣真訣，守之甚秘，並以事師蔣氏為榮。而一些做墳墓的工匠，稱蔣氏為地仙，可想而知，人們對他的尊重程度是如何深了。

其門人之中，多為浙江，江蘇，安徽等地人，因此蔣大鴻之風水法脈散播此等地域，他的著作先後有多人加以註解，版本之多近以百數，其後抄錄而輾轉相傳，有些人更視為家藏秘本。蔣氏所撰之《秘傳水龍經》在乾隆丁亥年（公元一七六七年）由程穆衡校定出版，諸家視為水龍秘本。

據程穆衡先生在序文中所述，他得到此秘本甚是偶然，有一席氏，是押店（當舖）老板，曾幾何時，有人將一本《秘傳水龍經》到押店典當，得了重金便離去，後置諸不理，後押店結業，新老板將此秘本丟到廢紙堆中，剛巧程氏得見，知是秘本，在閱讀後得知其理，而程氏亦是研學風水之人，他用此書內的理論與人造葬風水，均能得心應手，頗得其用，後恐此秘本失傳，於是將其校正出版，廣為流傳。所謂人有人運，連《秘傳水龍經》秘本也有它的命運，如果不是程穆衡先生，恐怕此秘本已失傳久矣。

程氏追求風水之真道已有數十年，皆未曾得風水善本，他是極尊崇蔣大鴻先師的，他在序文中述說蔣氏生平云：「**大鴻與雲間陳夏**（陳子龍名士）**諸名士遊。最善。於書無所不窺。孤虛遯甲占陣候氣。下至翹關擊刺。皆精究之。又能隱形飛遁。故世言玉笥先生。起紹興時。必欲與共事。邀致之。鐍固密室。一夕失所在。健騎四出。跡之無有也。意其為知幾。審微遠舉。絕塵之士。**」

此段的意思是：蔣大鴻與陳子龍名士最深交，時常來往，他無論任何種類之書籍皆閱讀，對於五術之占卜、佈陣兵法、天文地理、氣候變化、奇門遁甲，下至氣功功夫及劍擊術皆精研，又懂隱形飛遁之術。因此世人謂「玉笥先生」在紹興起兵反清時，必與蔣氏相討對策，常相約在密室中。並漏夜騎馬外出，無有他們蹤跡也。程氏想他是得知天機之人，審察微妙的事，是出世之高人也。

玉笥先生名鄧良知（一五五八年至一六三八年），字未孩，號玉笥，江西新建喬樂鄉人，明末政治人物。進士出身，曾任寧國府宣城縣令，後升禮部司員外郎，制訂《科場條約》。後轉任福建興泉兵備道，鎮守興化府、泉州府海防，抵禦倭寇。最後任廣東布政使司參政，兩年後致仕歸里。崇禎十一年公元一六三八年卒。他有豐富的軍事經驗，不排除蔣氏隨他學習兵法戰術。

於二〇〇二年由海南出版社出版的《水龍經》，由蔣大鴻先師輯訂，是《故宮珍本叢刊》秘本版，內容包括由程穆衡校定出版那本，加上《續水龍經五卷》只有第二、三續卷在坊間未曾出版，其內容與程氏版本相近。

（繼大師註：程穆衡，字惟淳，江蘇鎮江人，祖籍安徽休寧，其父程繼墨徙居太倉。乾隆元年一七三六年舉人，乾隆二年中進士，授榆社知縣。在任時親自捉拿盜魁，逮捕盜賊有功。個性耿介，因忤逆上官，罷官歸故里。擅長詩文，著述豐富。曾修《太倉州志》。輯有《吳梅村詩箋》十二卷，著有《復社年表》、《婁東耆舊傳》、《據梧齋塵談》、《投紱堂集》等。享年九十二歲。

休寧縣是中國安徽省黃山市下轄的一個縣，位於安徽、江西、浙江三省交界處。休寧縣是古徽州底一府六縣之一，被譽爲：「**中國第一狀元縣**」。

太倉市，位於中國江蘇省最南部，是蘇州市代管的一個縣市，距離上海最近，是一座典型的水鄉城市。榆社縣位於山西省中部，是晉中市下轄的一個縣。太行山的腰部，境內山巒起伏，石山土山應有盡有，濁漳氣河水從中流過，有雲竹水庫等。）

蔣大鴻註解《地理辨正注》一書時，其內容隱秘，常用二十四山方位說卦理，他嘗試說服人們以六十四卦為正宗之理，既想別人順服，但又不肯言明及公開三元元空之秘密。直至在道光七年丁亥年（公元一八二七年）海鹽（浙江省北部）有張心言地師，年幼喪母，年青時欲求給母親點穴造葬，於是苦心追求風水上之學問，鑽研巒頭功夫二十年，地之真偽，立刻可辨，但於定穴立向之功夫，仍覺有捉摸不定之處。

於是遊遍大江南北諸省考察名墓，並訪尋風水明師學藝。後始悟風水理氣真訣，並深信蔣大鴻之三元元空大卦是風水理氣之真訣，於是註解蔣氏註之《地理辨正注》，改書名為《地理辨正疏》，而朱爾謨、崔止齊地師則在重要部份加上雙圈以提示讀者。他們與張氏及徐芝庭地師均是風水上之知己，對蔣大鴻之學說極為尊崇，實得蔣氏法脈真傳。

張心言地師把八卦圖說、陳希夷六十四卦方圓圖、八運圓圖、挨星圖、七星打劫圖、四十八局順逆表等，加列於《地理辨正疏》之〈卷首〉內，繼而在註解中把六十四卦真訣公開，使蔣氏用二十四山說六十四卦之謎解開，並以六十四卦作註解。例如張氏在**《天玉經》**之**「雙山雙向水零神」**，其註解是：**「雙山如峽寬。而一六雙收者是雙向。乃用父之法。如用乾☰之上爻。為四九雙用。」**（乾☰之上爻爲澤天夬䷪。）

此註解實比蔣氏所註更為明顯及公開，難怪朱爾謨地師在**《地理辨正疏》**〈末卷〉云：

「世有青囊、天玉、寶照諸經者不十數十百家。閱之令人神倦。自蔣註出而耳目之改觀。迨張疏成而疑團為之頓釋。我不能盡世人而必其能信從之否也。然兩宮雜亂之處。兩儀差錯之地。去其太甚。切宜謹避。庶不枉張子一片婆心也。」

至於張心言地師補註蔣氏所註《地理辨正疏》，其註解之內容，有人信受認同，亦有人反對，並謂誤解蔣氏真傳，且認為章仲山地師（無心道人）之著解始正確，近代已故無常派大師孔昭蘇先生更認為張氏之理論是錯解蔣氏之學說。

在二十世紀五六十年代，孔昭蘇先生曾與恩師 呂克明先生有交往，在香港居住時，曾出示孔氏自己所珍藏之三元風水理氣秘本與呂師研究，而呂師是認定張心言先師是真得三元風水蔣氏真訣之傳人。於一九六四年甲辰年夏（六月十二日），呂師在**《地理合璧》**一書內寫上他的見解，筆者繼大師述之如下：

「**張疏是用易理六十四卦與辨生旺。章**（章仲山）**、溫**（温明遠）**是用飛星中五立極審生旺，兩說互不相同，學者切宜注意。**」

筆者繼大師與三十多名同門先後得呂師傳以三元元空六十四卦理氣真訣，其卦運之理論，以攞神卦及正神卦、照神卦及零神卦之說，剛好與江西無常派孔昭蘇之理論倒轉，但零正神之說法是一樣的。

至於三元各派之理論，各說不一，這則隨人因緣而信受奉行，辯之無益，唯有證有驗為要，巒頭與理氣互相配合始驗。若得真訣之人，自心自明，更毋須與人爭辯，正如清同治年間有三元地師馬泰青先生在**《三元地理辨惑》**〈**第六十五問**〉所說：

「**而元空家懷不世之秘訣。方晦跡韜光。以避世俗糾纏。無心與之分辯。亦不悄與之分辯。彼皆自作受者。蓋天也命也。**」此意向與蔣大鴻先師之見解相同，而歷代真得訣者亦復如是。

蔣氏之學說雖影響深遠，但其「心傳口授」之見解一直流傳在三元地理六十四卦法脈中。得書不得傳，非真傳也；得書得親傳，真得訣也。

近代有些地師認為章仲山地師是真得蔣氏真傳，又認為馬泰青地師淺見空泛，無有力之佐證等，這看法則見人見智。在馬泰青地師之《三元地理辨惑》〈第五十四問〉中，有對章仲山地師及朱旭輪地師之敘述，玆錄如下：

「廣陵人。曾向余（指馬泰青）言章仲山遊維揚。巨族爭延之。徒手得謝禮萬餘金。不曾與人葬得好墳。乃熟於理氣。而昧於形勢者也。是以因章（章仲山）而疑朱（朱旭輪）。恐其僅知挨星之法。而昧於形勢耳。」

所以，地理之學，首重巒頭，再配三元六十四卦之理氣，則無不應驗。無論誰是誰非，蔣大鴻先師對三元元空理氣之學術，並不公開普傳，能公開的，只屬一般學說，並重視代代口口相傳，得者皆是前緣。至於坊間三元六十四卦口訣，由蔣氏所傳至今，已是五花八門，各有所說，真偽之訣混合之下，實難以識別，唯得真傳者自知之。

姑勿論如何，蔣氏對三元元空六十四卦之理論以二十四山向借說之，已致影響到：

（一）不是口口相傳三元真訣的地師，由於得書不得訣，自以為悟得真秘，以致自撰偽訣作真，貽誤後世，為禍後代眾生。但此得學說往往被大家所接受而根深蒂固，雖逢明師指破，但不信受，明師之說，更反遭說成偽法，二十四山反成為**「玄空學」**立論之基礎，而不是**「元空學」**，更不以六十四卦作理論基礎，則河洛理數之理論，已名存實亡矣。

（二）若得明師口口相傳，得書又得訣之人，往往不易顯露真秘，易得誹謗，亦不肯把真訣輕易傳人，以致得真道者寥寥可數，不敢自我宣傳，亦不與人辯論，即是「唯智者知之。」難怪楊公常言：**「既得至道。不敢炫燿於世。故披褐懷玉。抱道無言。」**

無論如何，蔣氏則是楊公之功臣，亦是三元元空六十四卦之一代風水宗師，讀者以為然否？

《本篇完》

（廿四）三元三合風水理氣之爭

繼大師

雖然蔣氏著《平砂玉尺辨偽》一文以駁斥三合之非，令當時學風水之士崇尚三元風水理氣學問，但後世亦有人相信三合風水理氣而反擊蔣氏之說。在宣統元年（一九〇九年己酉年），有福建永定之賴樹棠（樂山）先生所註釋之《執中賦》中，大力提倡納甲之法、大小遊年卦例、三合雙山五行、透地卦、三合一百二十分金等學問，繼而攻擊蔣氏之三元風水理論，這本書名《地理仁孝一助》內之**《執中賦》**，其中註釋有云：

「蔣大鴻質本聰明。詞筆英銳。自恃得幕講真訣。徒以水龍氣運。強解青囊。其有不合者。輒舉筆刪去。（輒音接，時常之意，《天玉經》刪去六節，曾公序刪去十節。）**謂彼所得者。乃是真本真傳。詭曲誣經。盜名欺世。」**

賴氏又反對人們學習蔣氏三元風水理氣，云：**「彼鑽研蔣學者。直索隱行怪已耳。」賴樂山先生力倡納甲之法，更認同一行禪師之法，又評擊蔣氏弟子姜垚先生之悟，又云：「識五行便知納甲。不須另尋。非謂不必尋。不須用也。姜氏不悟而斥一行偽造。如此讀書。真所謂不求甚解。殊屬可笑。」**

賴氏更謂：「**挨星一道。蔣子真門外漢也。**」又說蔣氏不明一百二十分金之訣，云：「**蔣子不識此法。而僅知水運一事。**」又認為蔣氏去三合家「黃泉八煞」之說法是荒謬無理，且極力反對蔣氏所註解之《地理辨正疏》一書，且云：

「**余初閱辨正書。見其說元說空。天花亂墜。……非後按之羅經。無一是處。**」

賴氏認為蔣氏不解三合之妙用，又云：「**蔣子之學。乃是三元水運。豈真三元地理哉。**」

因此有人便認為蔣氏之學，是三元水運之法。在馬泰青著《**三元地理辨惑**》〈第廿三問〉云：「**人咸言三合是看山之法。三元是看水之法。**」

馬泰青答曰：「**非也。人之為是言者。因見蔣公之書。言山之處十之一。言水之處十之九。殊不知山條形勢。楊、曾、吳、廖諸公。已言之在前。獨於理氣。秘而不宣。彼言山者。不更言水。是以蔣公但言水。不復言山。且天玉、寶照經中。何嘗不有山法。楊公作撼龍、疑龍二經。不言理氣者。恐混淆使形勢不明也。故作天玉、寶照二經。不多言形勢者。亦恐雜亂。令理氣不暢也。蔣公依經文而註之。人遂謂之只知水法。何其謬耶。**」（可參考由榮光園有限公司出版，馬泰青著《三元地理辨惑》繼大師標點校對，第廿六頁，〈第廿三問〉。）

筆者繼大師綜合此書所論，無非力倡三合理氣是正法，三元理氣是偽法，不單只是「風水派別」之爭，更是「風水派別信仰」之爭。

賴樂山先生把蔣大鴻先師罵得體無全膚，在《地理仁孝一助》後部份作出很強硬的攻擊措詞，其中在註釋《執中賦》之後部份云：

「蔣子之學。毒於蛇蟲。其事雖殊。其禍更烈。況彼忍心害理。偽學尤復偽言。明明信不由中。偷自謂一毫之無誤。自許心契古人。可告無罪於萬世。揣其意。不特用以自欺。且將欺古欺今。更欲以欺千萬世。其居心可問乎。」

蔣氏在《地理辨正疏》中謂風水偽法被人用作詐財騙人酒肉工具，而賴氏在此書序文中亦以此攻擊蔣氏，云：

「蔣學附會三元。一而二。二而三。略得一知半解。便詡詡然誑人酒肉。騙人銀錢。殺人子孫。冥漠有靈。此輩不知作何果報。」

由此觀之，蔣大鴻先師所提倡之三元風水學問，有正面之認同，亦有反面之攻擊，三元三合之爭延續至無了期，但至於蔣氏之《天星擇日法》，這賴氏又是認同的，且云：「**蔣大鴻著《天元歌》。擇吉最好。**」

在《三元地理辨惑》〈第八十五問〉（榮光園有限公司出版，繼大師校正，第七十二頁中至尾。）

馬泰青先生回答有關三元理氣被攻擊的問題如下：

「蔣公得秘傳。申明其效驗。其訣雖易。得之最難。必待其人而後語之。否則。奉之千金弗顧也。於寶惜秘訣之中。亦隱喻人以勸誡之意。使人人以孝悌忠信自勉。則斯訣亦可盡人而語之矣。

夫遊食者。以此謀生。不得不固執以詆元空。而無識者。亦喜妄加指摘。余昔初學地理時。看諸家書。則人無言。習元空。則群起誹笑。余於地理無所不學。終久是元空極其靈驗。其諸家書之所以誤人者。皆附會標榜太過之故也。」

由於三合理氣非常普遍，易於學習，三元理氣則非常罕有，一些風水師得不到真傳，持着「吃不到葡萄是酸的」心理，故群起攻擊，這是正常的心理。無論如何，蔣氏所提出之三元風水理念，信與不信者，或有誤解者，不乏其人，但對於三合家或其他之風水派別，必有一定之沖擊。

這樣下去，風水理氣派別。其發展是：

「風水各學派」是後來學習者所選擇之「共同信仰」。
「風水各師」是後來學習者所信仰之「學派代表」。
如此下去，必成為像宗教界之「教派之爭」，風水更被現代人認為是「民間信仰」之一。結論是：
風水大大師統領風水教派，成為風水教派中之領袖宗師。
風水大大師之風水學說著作，成為風水教派中之經典理論。
風水學派之研習者，成為風水教派中之風水學派信徒。
風水大大師及風水學徒大師，成了看風水給人賜福之法師。
相信風水能邀福之人們，成了風水學派中之信仰者「施主、功德主」。
這樣，「風水」真的成了一個宗教王國，王國之爭，亦理所當然也。

《本篇完》

（廿五）論姜垚著《從師隨筆》

繼大師

姜垚名姜汝，與蔣大鴻先師同屬會稽人（紹興），他是蔣氏在晚年時期中最親近弟子之一，他曾補註《青囊奧語》在《地理辨正注》一書內。從其他風水古籍中，並未載有此本《從師隨筆》，唯輯在《沈氏玄空》〈卷六〉內。

《沈氏玄空學》並非用易學中的六十四卦理氣，他的理論以二十四山方位配合穴前山水定出順逆局，把向、坐之山星及向星放入中宮作順逆飛佈，以山、向所匯之星作洛書九星而得六十四卦卦名，其方法實以脫離傳統三元羅盤六十四卦之方位使用理論，並非古人之法。

《沈氏玄空學》唯一使用之古法，就是加用了由元末無著大士所著之《紫白原本錄要》，亦即是《紫白訣》內之根本紫白飛星理論，以此定流年吉凶，並將「元空」改作「玄空」，成為自悟後所創「玄空學」之祖師。由於有此分別，其《沈氏玄空學》內所載姜垚著之《從師隨筆》，被利用而成為《沈氏玄空學》之一部份，得三元地師真傳者未必接受。觀此書內容。雖然《從師隨筆》文章只有八頁篇幅，均是述說蔣氏晚年後期之生平事蹟，其中有：

「庚午年（康熙二十九年公元一六九〇年）**奧語告成。杜陵夫子即**（蔣大鴻）**又來越**（紹興市），**謂余**（姜垚）**註識「掌模」二句未免顯露。乃改正之。」**

查《地理辨正疏》內之《青囊奧語》的確是姜垚所註，且說出舊註解之謬，例如註解**《青囊奧語》**中之第五句：**「左為陽子癸至亥壬。右為陰午丁至巳丙。是 …… 亦可云南北。皆不定位。雌雄交媾。非有死法。故曰元空。舊註自子丑至戌亥左旋為陽。自午至申未右旋為陰。謬矣。」**

《從師隨筆》中，有說及姜垚給予二千金以購買穴地送給蔣氏以葬其父，後蔣氏始傳授挨星訣給他，至於平時，蔣氏對門人之問題多不正面回答，或作隱晦而告之，此正符合蔣氏之一貫宗旨：**「不漏片言」。**

文中亦說及蔣氏囑姜垚作《平砂玉尺辨偽歌》，這可見於《地理辨正疏》〈卷五〉內。而蔣氏更說姜垚在蔣盤所定卦起星之一層內，部份是錯誤的，證明在這段時期，姜垚未能完全明白蔣氏之三元元空理氣學問。

在《從師隨筆》中有提到「昌安門」地方之名字，筆者翻查現今紹興市內之地圖，確實在紹興市區內有一條名「昌安街」之道路，在清至今，其名字均相同。

在《從事隨筆》中有記載黎洲（棃洲）先生找蔣大鴻鑒定他自卜之壽藏（生基）是否可用。黎洲即是黃宗羲先生也，其生平述之如下：

「黃宗羲（公元一六一〇至一六九五年）明末清初浙江餘姚人，字太沖，號梨洲（即黎洲），其父親尊素以忤魏忠賢而死於獄中，後黎洲入都為父親訟冤，並從衣袖中取出利器擊傷魏忠賢爪牙許顯純等八人，後逃回餘姚，致力於學問上之追求。

清兵入京後，明福王南逃，在南京建都，馬士英。阮大鋮等專政，朝野之太學諸生，相當於現時之教育部門，以黃宗羲為首。清兵南下攻南明時，黃氏召募義兵數百人，成立〈世忠營〉抗清，南明魯王任為左副都御史。

明亡後，隱居著書，自天官、地志、九流百家之教，無不精研，撰述甚富，由於他好易經，除著儒學書籍外，更著有《易學象數論》。」

由於黎洲深精於易學，當蔣氏手書數千言反復論其地之不合時宜時，難怪黎洲對於蔣氏能深懂易理而驚訝了。黎洲於公元一六九五年乙亥年，在《從事隨筆》中雖無確實年份之記載，但推斷其事情所記載之年份，此事應發生在公元一六九〇至一六九二年之間，距離黎洲死前之三、四年間，在時間上甚為吻合。

翻查現代餘姚市之地圖，在餘姚市以南約十公里處，確實有「黃宗羲墓」，但至於是否經由蔣氏勘察過後始選用就不得而知，無從稽考也。姜垚所著《從師隨筆》對於晚年蔣大鴻生活事蹟的記載，確實非常重要，可更清楚知道蔣氏晚年的風水歷程。

（繼大師註：會稽即紹興市，簡稱越，古稱「越州、會稽、山陰」，是浙江省轄下的地方邑市。）

《本篇完》

（廿六）《蔣氏家傳地理真書》（附表文四篇）

繼大師

筆者在撰寫蔣大鴻傳其間，得同門鍾卓光師兄囑其弟子送上一古書秘本，名《蔣氏家傳地理真書》，顧名思義是「家傳」之秘本也。其部份內容很少見於坊間書籍。其內容分兩部份，第一部份之內容如下：

〈卷一〉至〈卷二〉——《青囊經》上下篇註解
〈三卷〉——《青囊序》註解
〈四卷〉——《青囊奧語》註解
〈五卷〉至〈七卷〉——《天玉經內傳》上、中、下註解
〈八卷〉至〈十卷〉——《都天寶照經》上、中、下註解。

第二部份之內容如下：

〈一卷〉——羅經圖、並銘、表例五篇
〈二卷〉——《天驚三訣》（附形局章、理氣章）
〈三卷〉——《渾天寶鑑》（即《天元寶筏》）附《果老星宗》
〈四卷〉——三元九星吉凶訣

〈五卷〉——蔣大鴻著述冷仙（龍陽子）所傳，所著《**歸厚錄**》十八篇中失去之六篇，分別是：「**巨浸、胎息、乘龍、還元、御極、注受**」。蔣氏於康熙二十三年（公元一六八四年）補著，並加以註釋。

〈六卷〉——《天元五歌》蔣大鴻著

〈七卷〉——《天元餘義》蔣大鴻著

〈八卷〉——《醒心篇》蔣大鴻著，門人姜垚註解

〈九卷〉——《挨星圖訣》（附穴法、太陽宿度）蔣大鴻著

〈十卷〉——蔣大鴻著之：《天元古鏡歌》上下二卷、《黃白二氣說》、《八宅天元賦》、《陽宅指南篇》（於一六八四年補著）。

全書共二十卷，其中大部份可在坊間買到，但姜垚註解之《醒心篇》唯獨載於此《地理真書》內，筆者少見於坊間，而《挨星圖訣》則曾出現於無心道人章仲山所輯訂之著作內。

在《地理真書》內所註解之《青囊經》諸篇，並沒有說明註者是誰，只言是大鴻蔣氏所說，其中〈**上篇**〉之註解是：

「**一白二黑三碧三宮為上元。每宮管運二十年。三宮共成六十年。四綠五黃六白為中元。旺運亦六十年。五黃無所靠着。判而分之。十年寄旺于坤。下十年寄旺于艮。又三十年屬上元四綠管事。**

下三十年屬下元六白管事，七赤八白九紫為下元旺運。亦六十年。此中推算排佈。皆以九宮為掌訣。皆秘訣。必待口傳。不可輕露。」

這「**三十年屬上元四綠管事。下三十年屬下元六白管事。**」均是以「八運二元」作氣運計算之說，並非「三元九運」之說。

二元八運之說，只有少數古籍有論及，其中在清、同治年間由馬泰青著之《**三元地理辨惑**》〈**第四十三問**〉（榮光園有限公司出版，繼大師標點校對，第卌八至卌九頁。）曰：

「問：**巽乾於中元運內。何以各五十年。**

答曰：**各卦本運只二十年。惟中五運二十年。前甲申十年屬之巽。三碧運內。四綠之地已可用。故有五十年。後甲午十年屬之乾。七赤運內。六白之地。尚有餘氣。故亦有五十年。**」

這說亦是中元五運前十年歸四運管，後十年歸六運管，四運及六運各佔三十年，但若是在上元三運時作四運卦，則雖然在三運時間內，四運卦未當旺，也是「將旺」，故馬泰青地師說若在三運做四運卦向，則可旺達五十年。

若在五運之後十年作七運卦向，則五運之十年間、六運之二十年間，七運之二十年間，總共旺足五十年運，但以七運之二十年間最為旺。

《地理真書》之說法甚有見地，若真得訣者自明。這氣運並不是用在大八卦各宮方位上，而是用在三元元空六十四卦中之氣運上。

《地理真書》之註解不見在其他《青囊經》諸註解內。另外在《醒心篇》末，附有姜垚著之〈跋〉，其內容述說謂：「**師**（**蔣大鴻**）**棄職訪道數十餘年始得真訣。**」亦甚合蔣氏之生平事蹟。

另外此書第一與第二部份之間，載有《奉授歸厚錄上》之「玉帝表文」一文，是筆者繼大師第一次僅見之表文，此文不見於坊間書籍中。是極為珍貴，內有蔣大鴻先師之生辰八字，與蔣氏所著各序文中所推算得出之出生年份相若，此四篇表文，是蔣氏從叔 — 蔣翼明、同曾祖弟蔣雯翯、蔣氏嫡宗長房蔣懷淇及其弟子王錫礽等人在接受蔣師傳風水秘法時由蔣氏所撰寫的拜師表文，分別是：

《奉授歸厚錄上》 — **玉帝表文**

《再授歸厚錄上》 — **玉帝表文**

《傳道誓章》

《傳家歸厚錄天元歌戒規》

《凡例》 —— 蔣氏述說此《歸厚錄》之重要性序文

在**《杜登春社事本末》**錄有**《陳子龍詩集》〈附錄二〉**第七三四頁。云：

「求社與幾社，駸駸乎有並立之勢矣。壬午冬（公元一六四二年）**，周宿來先生茂源與陶子冰修枍、蔣子馭閎雯階**（蔣大鴻）**後改名南陽集西郊諸子為一會。」**

此書所載有蔣大鴻之名諱，均與表文相同。這「雯階」是蔣大鴻之原名，而表文內有「同曾祖弟雯翯」字句，這雯字輩與蔣氏之原名雯階相同，証明表文文章具有真實性。

而表文內又載有：**「弱冠母亡。跰胝山川之險。更數師而不究其旨。歷萬年而愈失其宗。」**

此段內容與《天元歌》第一章末及《醒心篇》之內容相若，句法自然。而蔣氏在《天元歌》自序一文中說自己向無極真人叩問金丹大道之語，與表文內之「升表道文」同屬道家等語。表文內更有**「祖師無極真君法座下」**之名諱，根本就是以無極子為傳風水秘法之根本傳承祖師，非常合邏輯及道理。

在蔣大鴻《玉函真義》自序一文中，在《相地指迷》內之版本，有述說關於蔣氏向無極子求金丹大道時與無極子之對話內容。但在**《地理合璧》**內由于楷先生所輯錄之版本，則將此段刪去並在〈**凡例**〉中云：「**一歸厚錄原注向有夾雜套話及失正意。稍為刪潤。以歸簡潔。**」

很明顯于楷認定此段是無關宏旨，並不重要，或有迷信成份，故刪去之。在**《地理真書》**之〈**玉帝表文**〉內之傳風水秘法戒條甚為嚴緊，其中蔣氏傳王錫礽（永台）弟子之表文是：

「**臣**（指蔣氏）**著撰時。堅持誓願。同宗只傳二本。今廣傳異姓。非臣原誓。錫礽、永台。雖得權宜鈔錄。仍誓三年精習。之後焚滅原本。以杜妄傳。三年不精。竟亦焚繳。臣以諸弟子膺此鴻寶。虔心洗濯。以重師傳。則令雯霫。痛發哀誠。恭行醮事。太上慈悲。道場九幽。拔罪寶懺八部。以度雯霫九元七祖。歷刼罪愆。錫礽、永台。貧無以醮。許以隨壇自禮。共沐天波……**」

明顯地，蔣大鴻是不傳外姓人，若傳秘本，則只有三年期限，不論弟子精研與否，一律焚毀秘本，而同宗只傳二本，傳後要弟子作道教之拜懺法事，頌經八部，超度祖先後始傳風水秘法，是由藝入道，以風水一道救世。

總括四篇表文之大綱是：

（一）同宗傳二秘本，非同姓不傳，若傳，只得三年期限，三年後要焚燒秘本，更不得轉抄。

（二）求傳之日要皈真奉道，敬持三年斗齋，終身守四德 — 孝、弟、忠、信，嚴持四戒 — 不殺身，不偷盜及取非義之財物，不邪淫，妻妾之外，皆作奸論，不妄言及談人家中之事及發人陰私事等。

（三）得真訣後不傳非人，不妄想及希望真主霸王禁穴大地，亦不為他人指示，不得以假穴騙人錢財，不圖謀人家已葬之地扦其舊穴，不得破人陰陽二宅而損人利己，不得受人囑託破壞人家風水。

（四）子孫貧賤者不許以術行世為衣食之業，惟富貴賢良，不妨以此救世。

此傳法表文之嚴緊，非常符合蔣氏的一貫作風「不漏片言」。而**《地理合璧》**〈首卷〉內之**《華亭縣志列傳》**載有：**「闡破。服黃冠亡命**（指蔣大鴻）。**假青烏術**（風水術）**遊齊魯。轉徒吳越。」**

看來，蔣大鴻先師真的是位入世修真之道人，借風水秘術而行道濟世，他的慈悲心往往流露在其著作中，其心願真是悲天憫人，開道家之另一法門也。雖然此本《地理真書》謂公開三元風水之秘，但若仔細觀之，仍然未能盡洩其秘，重說一句舊話：**「真訣必須明師心傳口授，不能在書本上得之也。」**

綜合以上所論，這本《家傳秘本》是一本對於研究蔣大鴻生平的重要典籍。筆者繼大師相信是書的確是真實秘本，並很讚成公開重印其內容，只可借書中字體模糊，而內容大部份在坊間可買到，是書曾在中國大陸出版過，由「黃山書社」出版，劉永明主編，杜薇之手鈔藏本，其全名是：

《蔣氏家傳地理真書歸厚錄》

此書末收入《四庫全書》內，是術數類古籍大全第六集 ——《堪輿集成》（九二）

（繼大師註：自於二〇〇二年十一月，由丹青出版社有限公司出版筆者繼大師著《風水祖師蔣大鴻史傳》後，一間不知名公司並沒有印上出版社，及台灣翔大圖書公司於二〇〇三年十月出版此《地理真書歸厚錄》，自始流通於坊間，各讀者可自行購買看閱。）

為饗讀者，茲錄出《地理真書》內之四篇表文如下：

（一）奉授歸厚錄上

玉帝表文

太上靈寶法籙。忠孝弟子。臣蔣元珂。誠惶誠恐。稽首上言。伏以出洛浮河。綠字啟先天之秘。分星布野。金函括大地之靈。上以肇國開邦。下以康民阜俗。作者謂聖。述者謂明。代有數人。天無私予。自公劉豳居。胥宇在相。洛滋定都。即心知其義。而測以土圭（註一）。猶口秘其文。而歸之。

卜筮知造化。不容輕洩。故上哲慎不言。自
黃石遇于當年。而青囊傳于人世。郭景純得之。授受之。正楊筠松獲之兵火之餘。
天府鴻裁。散流六寓。英才間出。傳習百家。然後微顯雜陳。真偽錯出。得書未必得義。傳訣未必
傳神。至于我明其法深隱。劉基（劉伯温）採之玉笈。獨有其書。
太祖收之石渠。遂非世寶。于是人淆聲說。家述偽書二百餘年。朝野多猷。符之理數。萬紀開賊
亂之文章。臣元珂痛
聖學之不明。致生民之日蔽。童年祖訓。耳目堪輿之言。弱冠母亡。胼胝山川之險。更數師而不
究其旨。歷萬年而愈失其宗。
帝鑒其誠
神開其覺。遇真師于方外。授正義于掌中。加以數載。研慮之力。始有一端。靜照之機。自知小
器濫受
鴻恩。心戰戰而匪寧。意惶惶而靡定。殊未敢洩之于世。顯蒙其誅。況敢告之于家。徇其私願。
但念臣祖宗數世。慎保良心。宗族一門。咸非巨惡。痛遭出亡之禍。遂絕報本之途。使朋友皆獲吉
扦。而父母反歸凶壤。雖云天數。實重臣辜臣。再從叔翼明者。孝友無虧。寬平不戾。來叩形家之
矩矱。以為葬父之津樑。臣著授一書。厥名歸厚。將以秘之家廟。詔茲後人。非種不傳。惟賢是予
臣以師門禁戒。恐犯刑威。敢望

天闕而陳情。伏冀

帝慈而賜赦神靈。翼衛石函。永作家珍。哲胤闡揚。玉鏡常縣聖諦。世世得挺孝凝忠之地。葉葉

產濟民澤物之人。庶幾不負。

元恩。無傷愚悃。苟或後世違臣明誓。褻玩靈文。仰冀靈威。褫其精魄。聿昭

憲令。臣元珂無任悚惶。待罪之至。(註一：土圭」是中國最古老的計時儀器，構造簡單，直立地上的桿子，用以觀察太陽光投射的桿影，通過桿影移動規律及影的長短，以定出每年的冬至及夏至日。)

(二)再授歸厚錄上玉帝表文

太上靈寶法籙。忠孝弟子臣蔣元珂嗣。名許岳誠惶誠恐。稽首伏拜。上言不避斧誅。干冒

天聽。奏為傳真法地。報本濟民事。竊臣仰荷

天恩。開其蒙覺。幸獲師傳心悟。微知天地真機。實以上報祖宗。下濟生民為念。臣自著一書名

歸厚錄。授之從叔翼明。卻其造福宗黨。今有同曾祖弟雯霌者。于分較親。于才 較敏。留意元學。

頗有道根。臣幸同氣之身人。堪荷真傳之重。寄輒(音摺)奏聞

天聽。傳授前書。嚴以盟戒之條。晰以淵微之理。俾雯霌。廣宣此義。緯地承天。近自宗支。遠

推氣類。篤興賢哲。以挽世魔。庶幾。微臣著作之志不泯而

上蒼佑啟之恩。無負臣弟子王錫礽。秉心誠僕。從遊有年。弟子王永台。臣祖母之姪孫。其好脩(修)

之初志。似皆可奬。因其向慕。引入道真。亦為盟戒再三。示以秘本。但此書
天寶上奉
玄恩。臣著撰時。堅持誓願。同宗只傳一本。今廣傳異姓。非臣原誓。錫礽、永台雖得權宜鈔錄。
仍誓三年精習。之後焚滅原本。以杜妄傳。三年不精。竟亦焚繳。臣以諸弟子贗此
鴻寶。虔心洗濯。以重師傳。則令雯霨。痛發哀誠。恭行醮事。
太上慈悲。道場九幽。拔罪寶懺八部。以度雯霨九元七祖。歷劫罪愆。錫礽、永台。貧無以醮。
許以隨壇自禮。共沐
天波。伏冀
帝慈。均行賜赦。倘蒙
穹高覆育。俾雯霨等。果能由藝入道。積行通真所願。神功特垂超濟。萬一雯霨等違臣戒例。背
道妄行。亦望
天威時加糾正。輕則警戒。重則典刑。臣凜
天綱。敢萌私鄙。不勝哀號。戰慄之至。謹伏地。具章上奉以
聞

（三）傳道誓章

皈依傳道弟子蔣元珂。本命萬歷丙辰年十二月二十七日辰時生。（繼大師註：公元一六一七年陽曆二月二日，日值四絕。）拜投

祖師無極大真君。法座下。求三元九宮陰陽二宅。山龍水龍。擇吉真訣。以承先啟後。救世濟貧。

所有誓者。剖心瀝血。敬對

天地日月之前。恭行昭告。仰惟

神明證盟授受

計開誓款：

一、求傳之日。洗滌身心。皈真奉道。敬持三年斗齊。終身弗替。謹守四德。嚴持四戒。四德者。一曰孝。二曰弟。三曰忠。四曰信。四戒者。一不殺身。二不偷盜及取非義之財物。三不邪淫。妻妾之外。皆作奸論。四不妄言及談人閨閫。發人 陰私事。

一、親傳秘道。不同文章技術之師。自行皈依。終身敬奉。世世金身供養。不敢忘背褻慢。

一、得傳之後。不許洩露他人。倘遇可傳之人誠心懇求。亦須追隨日久。真知確誠。及為醮奏

天庭。啟問

祖師。如法盟誓。而後傳授。如遇不忠不孝。不仁不義。及貪婪無恥之人。不敢妄傳一字。亦不敢為此等人妄指陰陽二宅吉地。如遇厚德之家。欲為造福。亦須醮奏天庭。懺其夙孽。祓其前愆。而後從事。

一、得傳之後。不敢妄希真主霸王禁穴大地。亦不敢為他人指示。
一、凡人求指吉地。不拘大小。必從真實。不敢以假穴誆人。
一、貧賤之人。苟至心誠求。必為指地。毋以束脩（修）不具而卻之。
一、不圖謀人家已葬之地扦其舊穴。
一、雖遇仇讎（音稠即仇人）不得破其陰陽二宅。損人利己。亦不得受人囑託。破壞人家。以上諸款。如有犯者。罪依

天律

右上

祖師無極大真君　法座下。

正乙龍虎玄壇。執法趙天君。威靈顯化天尊　麾下。

證明立誓。弟子蔣元珂押。

（四）傳家歸厚錄天元歌戒規

一、是書。只傳嫡宗長房懷淇府君之後。（蔣懷淇——蔣門嫡宗長房。）其異姓至戚女婿外甥及同姓。非宗不得輕使窺見。雖嫡宗而非懷淇宗公之後。亦不得傳。

一、是書。必擇子弟之心正行端。有執持者。乃可傳之。如其人心術傾邪。及浮遊無主。雖元珂及羽臣叔嫡系。（蔣羽臣——蔣大鴻嫡系之叔）亦不得傳。

一、是書。族中只許一正一副。共存二本。傳者熟讀。精通其義。不得錄書。輕錄必遭火患。

一、是書傳授。必羽士八人。大醮三日。懺受者。累世罪愆表問上帝。而後可傳。傳後當全家戒殺。本身謹守四德。堅持四戒。凡遇三元五臘。甲子庚申。父母本命。自己本命。

上帝、老君、玄帝、天師、許祖、呂師、冷祖、王天君、趙天君聖誕。須脩（修）齊設醮。誦經放生。而後心神發悟。舉動獲福。

一、讀是書須沐盥（音鑵卽洗手）焚香。而後開函。先誦上帝寶號七遍。乃讀是書。如穢褻。必遭罪譴。

一、達宗異姓。果有大德大孝之人。誠求再四。一心不退者。亦許對天立誓。守戒持齋。建醮傳經。表問上帝。不妨八拜。為師傳授至訣。但其原書。毋得輕付。

一、是書廣大精微。無有不備。而神化之處。難以明言。須精思曲悟。留心扞造。如初學。未能入室。毋得自誤誤人。

一、子孫貧賤者。不許以術行世。為衣食之業。惟富貴賢良。不妨以此救世。

以上諸條。切須遵守。如其一有違犯。上為褻天。下為不孝。授者。受者。殃流九祖。被考酆都。雖得書訣。反罹重禍。慎哉。勿忽。

杜陵蔣元珂謹識

(五) 凡例

一、是書原本。乃遊洞天時。得遇真君親傳秘授。非人世所有。故不容輕傳于世。

一、是書所採擇者。玉鏡經、千里眼、夜光集、郭氏水龍經、天玉經、剪水經、三字青囊。諸書而已。皆人世所有。某別有一經。搜討其精微。已盡于此。諸書皆屬糟粕。

一、是書乃楊曾正傳。近代幕講尤精其理。劉文成。謝黃午。乃能合轍。年來。惟海鹽吳天柱。頗能明九龍之法。曾師事之。更再得真傳。又益所未曉之四真。為全壁。惜不令吳君得見是書也。

一、是書正文。已包大義。而其詳曲。在註及圖例。註雖屬門人沈生億年手筆。實予親訂正。半義不訛。若非此註。依然暗室學人。毋以師弟淺深。妄加分別也。

一、諸圖。皆一二以見千百。不能盡繪。以例推之。觀者善通其義。勿以跡象拘泥。至失作者之意。

一、是盤法。只用正金針。二十四道立局。向水皆準之。分金正忌。干支交界之處。以防混擾。餘者不必紛紜。故不論列。

杜陵蔣平階大鴻氏謹述

蘭巖主人秘本

碧嶢浣花道人杜薇之抄藏

《本篇完》

（繼大師註：繼《風水祖師蔣大鴻史傳》於二〇〇二年十一月由丹青出版社出版後，在香港賣五術的書店內，有《蔣氏家傳地理真書》兩種版本發售，其中有「翔大圖書公司印行」，由李祟仰重編，各讀者可自行購閱，以作參考。）

後記

繼大師

在一個偶然的情況下，為了想一睹昔日風水祖師蔣大鴻先生生平所居之地 ── 會稽（浙江紹興），於搜集有關資料後，發覺頗為豐富，可以寫一篇文章關于蔣大鴻祖師的生平事蹟，於是著手整理。於將近完成「蔣大鴻一文」時，得同門鐘卓光師兄贈送一本《地理真書》秘本，豐富了文章的內容，使更詳盡及具真實性。在寫作期間，由於想瞭解當年蔣氏活動範圍之實況，不惜到圖書館搜集中國古代地圖，更想弄清楚蔣大鴻時代之：

（一）實際活動地域、定居地方及生長地等。

（二）蔣氏之時代及政治背景。

（三）蔣氏之風水傳承及學術思想。

筆者繼大師在撰寫此文期間，發覺牽涉之範圍甚廣，很多東西可以述說，即反問自己，何不寫一本研究蔣大鴻先生之書籍呢！於是作出每篇文章之題目，其間曾作出多次修改。寫《風水祖師蔣大鴻史傳》時，因想以「盡量寫實」為目標，故其真性相當嚴謹，但又恐防過於學術性而另文章失去趣味，故用「中間落脈」之法，祈望兩者能取得平衡。

由於筆者繼大師曾隨恩師　呂克明先生學習三元元空大卦，因而認識了蔣大鴻祖師的名字，蔣氏撰寫《地理辨正注》，為三元風水理氣的代表作。風水祖師的生平事蹟，理應被大眾所認知，不同人士對蔣氏著作之理解亦有所不同，唯真知者自知也。在完成此書著作之後，使筆者繼大師更加了解蔣氏之為人；而風水學問，更是五花八門，必須以智慧分辨。

此本**《風水祖師蔣大鴻史傳》**的著作，是從蔣氏之著作中去考據他的史實，蔣氏個人事蹟，大部份來自蔣氏著作中的自述，亦有來自地方誌，如《紹興誌》、《華亭縣志列傳》、《張澤誌》等，具足真實性。筆者繼大師將他的資料事蹟，重新以年份之先後，有系統地編訂，而寫出最接近史實之「蔣大鴻傳」。當然啦！這書只是蔣氏生平之一部份，或許有更多鮮為人知之蔣氏歷史事蹟。

筆者在此書之對稿及排稿上，不少於十次，費時費神，所付出的心血超大矣！此書是蔣大鴻風水祖師的寫實歷史，對於後世有志學習風水的人士，能令他們認知蔣氏在風水上之貢獻及成就，意義重大，雖未必能暢銷，但具有傳世及研究價值。

祝願 蔣大鴻先生在風水上的精神及理念，能夠發揚光大，常存在得真傳正道的風水師心中。

但願此書流傳萬世！

繼大師寫於香港明性洞天

辛巳年仲秋吉日　壬寅孟春重修

《全書完》

榮光園有限公司出版　繼大師著作目錄：

正五行擇日系列

一《正五行擇日精義初階》　二《正五行擇日精義中階》

風水巒頭系列

三《龍法精義初階》　四《龍法精義高階》

正五行擇日系列

五《正五行擇日精義進階》　六《正五行擇日秘法心要》

七《紫白精義全書初階》　八《紫白精義全書高階》附《紫白原本錄要》及八宅詳解

九《正五行擇日精義高階》（附日課精解）　十《擇日風水問答錄》

風水巒頭系列

十一《砂法精義》（一）　十二《砂法精義》（二）

擇日風水系列

十三《擇日風水尅應》　十四《風水謬論辨正》

風水古籍註解系列

十五《三元地理辨惑》馬泰青著（繼大師標點校對）

十六《三元地理辨惑白話真解》馬泰青著（繼大師意譯及註解）

風水巒頭系列

十七《大都會風水秘典》　十八《大陽居風水秘典》

三元易盤卦理系列

十九《元空真秘》原著及上下冊（全套共三冊）劉仙舫著 ── 繼大師註解

二十《風水祖師蔣大鴻史傳》

未出版：

三元易盤卦理系列

廿一《地理辨正疏》黃石公傳 赤松子述義 楊筠松著 曾求己著 蔣大鴻註及傳 姜垚註 張心言疏 繼大師註解

廿二《地理辨正精華錄》　廿三《三元地理命卦精解》

大地遊踪系列

廿四《大地風水傳奇》　廿五《大地風水神異》

廿六《大地風水遊踪》　廿七《風水秘義》

廿八《風水靈穴釋義》　廿九《大地墳穴風水》

三十《香港風水穴地》

卅一《廟宇風水傳奇》

卅二《香港廟宇風水》

卅三《港澳廟宇風水》

卅四《中國廟宇風水》

風水古籍註解系列

卅五《青烏經暨風水口義釋義註譯》

卅六《管虢詩括暨葬書釋義註解》

卅七《管氏指蒙雜錄釋義註解》

卅八《千金賦說文圖解》

卅九《雪心賦圖文解義》（全四冊）——繼大師註解

作者簡介

出生於香港的繼大師，年青時熱愛於宗教、五術及音樂藝術，一九八七至一九九六年間，隨呂克明先生學習三元陰陽二宅風水及正五行擇日等學問，於八九年拜師入其門下。

榮光園有限公司簡介

榮光園有限公司，為香港出版五術書籍的出版社，以發揚中華五術為宗旨，首以風水學為主，次為擇日學，再為占卜學。

風水學以三元易卦風水為主，以楊筠松、蔣大鴻、張心言等風水明師為理氣之宗，以巒頭（形勢）為用。占卜以文王卦為主，擇日以楊筠松祖師的正五行造命擇日法為主。

為闡明中國風水學問，筆者使用中國畫的技法畫出山巒，以表達風水上之龍、穴、砂及水的結構，以國畫形式繪劃，並插圖在書上，加以註解，令內容更加詳盡。亦將會出版中國經典風水古籍，重新註解及演繹。由二〇二一年開始，本公司大部份書籍，採用線裝書形式出版，人手穿線釘裝，更蒐集三元罕有之秘本，仿古籍之神韻，使閱讀暢順。日後榮光園若有新的發展構思，定當向各讀者介紹。

出版社：榮光園有限公司 Wing Kwong Yuen Limited
香港新界葵涌大連排道 35 - 41 號，金基工業大廈 12 字樓 D 室
Flat D, 12/F, Gold King Industrial Bldg., 35-41 Tai Lin Pai Rd, Kwai Chung, N.T., Hong Kong
電話：（852）6850 1109
電郵：wingkwongyuen@gmail.com
發行：聯合新零售(香港)有限公司 SUP RETAIL (HONG KONG) LIMITED
地址：香港新界荃灣德士古道 220 ~ 248 號荃灣工業中心 16 樓
16/F, Tsuen Wan Industrial Centre, 220-248 Texaco Road, Tsuen Wan, NT, Hong Kong
電話：(852) 2150 2100
電郵：info@suplogistics.com.hk
印刷：榮光園有限公司 Wing Kwong Yuen Limited
作者：繼大師
電郵：masterskaitai@gmail.com
網誌：kaitaimasters.blogspot.hk
版次：二〇二二年三月 第一次版

榮光園有限公司簡介

榮光園有限公司，為香港出版五術書籍的出版社，以發揚中華五術為宗旨，首以風水學為主，次為擇日學，再為占卜學。

風水學以三元易卦風水為主，以楊筠松、蔣大鴻、張心言等風水明師為理氣之宗，以巒頭（形勢）為用。占卜以文王卦為主，擇日以楊筠松祖師的正五行造命擇日法為主。

為闡明中國風水學問，筆者使用中國畫的技法畫出山巒，以表達風水上之龍、穴、砂及水的結構，以國畫形式繪劃，並插圖在書上，加以註解，令內容更加詳盡。亦將會出版中國經典風水古籍，重新註解及演繹其神韻。

日後榮光園若有新的發展構思，定當向各讀者介紹。

作者簡介

出生於香港的繼大師，年青時熱愛於宗教、五術及音樂藝術，一九八七至一九九六年間，隨呂克明先生學習三元陰陽二宅風水及正五行擇日等學問，於八九年拜師入其門下。

風水祖師蔣大鴻史傳　繼大師著

出版社：榮光園有限公司 Wing Kwong Yuen Limited
香港新界葵涌大連排道35 - 41號, 金基工業大厦12字樓D室
Flat D, 12/F, Gold King Industrial Bldg. , 35-41 Tai Lin Pai Rd, Kwai Chung, N.T., Hong Kong
電話：(852) 6850 1109
電郵：wingkwongyuen@gmail.com
發行：聯合新零售(香港)有限公司 SUP RETAIL (HONG KONG) LIMITED
地址：香港新界荃灣德士古道220～248號荃灣工業中心16樓
16/F, Tsuen Wan Industrial Centre, 220-248 Texaco Road, Tsuen Wan, NT, Hong Kong
電話：(852) 2150 2100
電郵：info@suplogistics.com.hk
印刷：榮光園有限公司 Wing Kwong Yuen Limited
作者：繼大師
繼大師電郵：masterskaitai@gmail.com
繼大師網誌：kaitaimasters.blogspot.hk

版次：2022年3月 第一次版
ISBN：978-988-76145-1-7
訂價 HK$200-

978-988-76145-1-7